POÉSIES

Fleurs du Loiret

PAR

Pierre FROBERT

Ex-Mécanicien au chemin de fer d'Orléans

Dix médailles d'honneur et hors concours, par médaille d'or grand module,
de l'Académie « Paris-Province »,
plus un volume de M. le Ministre de l'Instruction publique
et deux gravures de M. le Préfet de la Seine

ORLÉANS

IMPRIMERIE ORLÉANAISE

68, rue Royale, 68

—

1909

FLEURS DU LOIRET

POÉSIES

Fleurs du Loiret

PAR

Pierre FROBERT

Ex-Mécanicien au chemin de fer d'Orléans

Dix médailles d'honneur et hors concours, par médaille d'or grand module,
de l'Académie « Paris-Province »,
plus un volume de M. le Ministre de l'Instruction publique
et deux gravures de M. le Préfet de la Seine

ORLÉANS

IMPRIMERIE ORLÉANAISE

68, rue Royale, 68

—

1909

Fleurs du Loiret

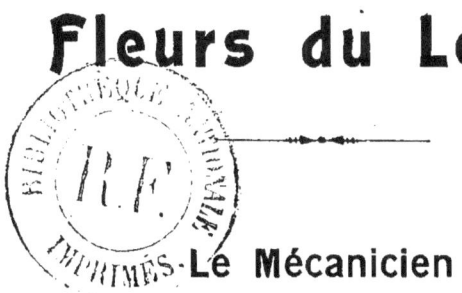

Le Mécanicien

Le deux cent trente-six venait d'entrer en gare,
Sans aucun accident, ni casse, ni bagarre,
Attelé sur son train, venant de Montluçon :
Gracieux sur les rails, sans gêne et sans façon,
Il laissait échapper son trop-plein de vapeur ;
Tout respirait en lui un air de bonne humeur.
Un voile épais couvrait sa chaudière de cuivre,
Noirs crachats de charbon, qui semblaient se poursuivre,
Sur son corps cylindrique et sur sa cheminée,
Qui maculaient le dôme et la boîte à fumée.

Le giffard injectait, et le petit cheval
Pompait l'air pour les freins ; à ce joyeux choral
Se mêlait le bruit sourd des wagons qu'on tournait,
Pour la formation d'un train qui attendait.
Puis le chauffeur, debout, avec indifférence,
De la grande soupape essuyait la balance :
Enfin, les appareils étaient en bon état,
Tous avaient vaillamment supporté le combat.

Dans le foyer, les plombs, entretoises et viroles,
Tubes, fermes, bouilleur, barreaux, sommiers et sôles,

Du gueulard le clapet venait de manœuvrer,
Agent de prise d'air, empêchant de fumer.
Purgeur de niveau d'eau, boîte de retenue,
Tuyaux et robinets, fonctionnaient à vue ;
Réchauffeurs et sifflet, graisseurs et manomètre,
Indicateur de marche, ainsi que chronomètre.

Tout se comportait bien, échappement souffleur,
Prise d'eau du tender, puis la contre-vapeur ;
Les purgeurs, le volant qui doit régler la marche,
Qu'on tourmente souvent pour sauver une vache,
Qu'en terme moins vulgaire on appelle un retard ;
Souvent on la rencontre et l'on arrive tard.
Le grand régulateur ainsi que les soupapes
Commençaient à friser... « Henri, fermez les trappes ! »
Cria le machiniste en dominant le bruit
Qui se fait sous la gare et le jour et la nuit.

Les wagons sur la plaque avaient été tournés
Et placés sur un train ; quatre ou cinq employés
Du petit entretien lavaient, séchaient les glaces,
Balayaient les planchers, époussetaient les places ;
Replaçaient les coussins, les tapis, les rideaux ;
Les visiteurs en bas, armés de leurs marteaux,
Frappaient chaque bandage, inspectaient chaque roue,
Ainsi que d'un navire on visite la proue ;
Ils regardaient aussi les jantes et les moyeux,
Les boîtes et les rayons, ainsi que les essieux.

Un autre, éponge en main, fourbissait la ferrure,
Les poignées, les verrous de chaque fermeture,
Il lavait les panneaux, astiquait les tampons,
Nettoyait les crochets, les tendeurs des wagons.
Puis du frein continu il visitait les valves,
Les boyaux et les joints, toutes choses très graves
Etant avariées ; car le moindre incident
Peut provoquer en route un terrible accident.

La voie était enfin libre et débarrassée,
Le disque était ouvert et l'aiguille tournée ;
Un des sous-chefs d'équipe, agitant son falot,
Invitait la machine à rentrer au dépôt.
De même qu'un cheval fougueux et plein d'audace,
S'apprêtant fièrement à dévorer l'espace,
Le deux cent trente-six avançait lentement,
Entraîné par le jeu de son beau mouvement.
Echappant sa vapeur, belle auréole blanche,
Qui couronne son front ainsi qu'une avalanche,
Frémissant sous le joug, au port altier du traître,
Le géant se courbait sous la main de son maître.

Obéissant alors, la superbe machine
Se cabra bien un peu, coursier de haute mine,
Evoluant au gré du mécanicien,
Qui sans trop de rigueur lui fait sentir le frein.
Elle vint s'arrêter jusqu'auprès de l'estrade,
Pour prendre du charbon sur la noire estacade ;
Puis, ayant fait de l'eau, elle vira de front :
Le disque étant ouvert, elle entra sur le pont.

Qui s'ébranle aussitôt, roulant sous les remises,
Où sont les noirs chevaux aux luisantes chemises,
Attendant sous vapeur, rongeant leurs freins de fer ;
Dans cet antre fumeux l'on se croit en enfer.
Au milieu d'un combat, d'un furieux vacarme,
Glorieux branle-bas, où le bruit de chaque arme
Se répercute au loin, superbe comédie,
Où les acteurs de fer font chacun leur partie.

Il est enfin garé, ce monstre fabuleux ;
Pour un jour le chauffeur vient de jeter les feux.
Le mécanicien quitte alors la machine,
Il marche lentement, doucement il chemine,
Son regard est songeur, il pense aux hectomètres
Qu'il vient de parcourir... Quatre cents kilomètres,

En cinq heures et demie !.. Il semble que sa tête
Se penche par moments, puis ensuite s'arrête.
Son oreille perçoit le bruit étourdissant
De la marche d'un train ; un léger tremblement
Agite tout son corps, espèce d'inertie
Pesant sur son cerveau ainsi que la folie ;
Et chacun le voyant se dit : — Cet homme est ivre !
Ivre ! c'est de travail, car il combat pour vivre ;
Travail dur, écrasant, continuelle lutte,
Se terminant souvent par une horrible chute.

Voyez passer un train, brûlant les hectomètres.
A l'heure il doit franchir quatre-vingts kilomètres !
Marche folle et terrible, enivrante, insensée,
Qui donne le vertige à la moindre pensée
D'un seul instant d'oubli du mécanicien,
Sur qui repose la sécurité du train,
Toujours l'esprit tendu, bien souvent dans le doute,
L'œil au guet, puis cherchant les signaux sur la route.
— La voie est-elle libre ? Est-il bon, le chemin ?
Une main au sifflet et l'autre sur le frein.

La conduite du feu et la hauteur de l'eau
Dans le générateur doit être à son niveau,
Puis aussi surveiller madame la vapeur ;
C'est le moteur du train, du gaz elle est la sœur.
Enfin, il faut tout voir, prévoir un accident,
Veiller au mécanisme et à son mouvement.
Le dur travail du corps, la tension de l'âme
Sont tous les deux unis d'une puissante flamme.

Subir de tous les temps la dure intempérie
Souffleté par le vent et la neige et la pluie,
Traverser un cyclone, affronter un orage,
Brouillards, grêle et grésil, qui quelquefois font rage ;
Aveuglé par l'éclair dans une obscure nuit,
Gelé, brûlé, venté, trempé comme un biscuit,

Puis, de chaque côté, voir l'effort de la foudre,
Qui brise les poteaux, les réduisant en poudre ;
Mêlant, coupant les fils, obstruant le chemin,
Prévoir un grand malheur et arrêter le train.

Eh bien, non, ce n'est pas une mince besogne
De remorquer un train de Paris en Gascogne ;
Et quelquefois on dit : « Ces hommes ne font rien,
Ils chantent, boivent, rient et se nourrissent bien. »
Pauvres gens, qui voyez passer une machine,
Vous jugez bien souvent les hommes sur leur mine ;
Vous ne connaissez pas tout l'excès de travail
Qu'il faut pour entraîner chaque train sur le rail !

Et puis l'on pense aussi à la femme, aux enfants,
Qui chez vous, anxieux, attendent frémissants...
Les reverrai-je encor ? Est-ce ma dernière heure ?
Il ne faut pas, mon Dieu, qu'en ce moment je meure !
Ils ont besoin de moi, qui donc prendrait soin d'eux ?
Il y a bien assez d'orphelins malheureux !
Et je les aime tant !... C'est toute ma famille !
La mère et mes deux gars, et ma petite fille :
Je la vois à genoux, priant près de sa mère ;
Et s'écriant : « Mon Dieu ! protégez notre père ! »

Allons ! de la vapeur, du charbon et de l'eau !
Dévorons le chemin. Que mon cheval est beau !
Il martèle les rails, cent kilomètres à l'heure
En avant ! en avant ! Nous sommes à Chanfleure.

Le deux cent trente-six, frémissant, furieux,
Passe comme un torrent, rapide, impétueux,
Chassant autour de lui feuilles, graviers et pierres,
Enveloppant le train d'un rideau de poussières.
Lâchons deux crans de plus, nous sommes à soixante,
La marche est presque à fond. Quelle course effrayante !

— Henri ! faites de l'eau, dernier suprème effort,
J'aperçois Orléans, le pont, les quais, le port.
Ah ! qu'il fait bon ici, le vent est doux et frais :
Enfin, nous arrivons en gare des Aubrais.

Mais tout cela n'est rien, dix heures de repos
Le rendront vigoureux, souple, alerte et dispos ;
Puis il repartira dans cette course folle :
Le deux cent trente-six n'est-il pas son idole ?

Le Secret d'une Locomotive

Deux heures du matin sonnaient à Saint-Paterne.
Le ciel était brumeux, un voile sale et terne
S'étendait sur le sable ainsi qu'une poussière ;
De la gare il masquait l'électrique lumière.
On voyait çà et là des lanternes le feu,
Ici rouge et vert, blanc, puis des signaux le jeu,
Qui se faisaient au loin, et à chaque guérite
Une ombre allait, venait, s'agitait au plus vite.
Chaque aiguilleur avait la main sur le levier,
Prêt à tourner l'aiguille et à la verrouiller,
Pour donner le passage aux pilotes de gare
Conduisant les wagons, et, dans cette bagarre,
Les trains allaient, venaient, circulaient librement.
Chacun prenait sa voie, et sans encombrement,
Les machines sifflaient, puis, toutes frémissantes,
Venaient s'arrêter là, près des plaques tournantes.
Puis, après la manœuvre, au signal du falot,
Les mécaniciens retournaient au dépôt.

Le deux cent trente-six attendait sous vapeur
Le moment du départ ; un air de bonne humeur
Semblait s'épandre en lui, il paraissait joyeux ;
N'allait-il pas franchir l'espace ténébreux ?
Le mécanicien, armé de ses burettes,
Graissait les coussinets, visitait les clavettes,
Regardait les ressorts, boîtes, roues, mouvement,
Chaudière et cheminée, ainsi que paravent.
Le chauffeur préparait et nettoyait la grille
Du foyer ; il jetait mâchefer, escarbille ;
Il recouvrait le feu avec du charbon frais,
Qui jetait sous le hall un brouillard lourd, épais.
Puis, passant dans la fosse avec une raclette,
Vidait le cendrier : la machine était prête.
Le disque était ouvert, l'aiguilleur attendait.
— En avant ! cria-t-il. Le machiniste, Oudait,
Fit jouer doucement la prise de vapeur,
La main sur le levier de son régulateur.
Le deux cent trente-six, sous cette impulsion,
Se cabra bien un peu, mais cette explosion
De sauts, de patinage en glissant sur le rail,
Se calma peu à peu, commençant son travail.
La gentille machine alors changea d'allure,
S'engagea sur la voie et fit bonne figure ;
Passant sur chaque aiguille et chaque croisement,
Craignant de dérailler et marchant prudemment.
Elle s'avance alors, puis arrivant en gare,
Elle s'accroche au train partant pour la Navarre.
Les voyageurs se pressent et dans chaque fourgon
Les colis sont chargés : le chef de train, Hugon,
Donne un coup de sifflet : — Allons, voyons, Mareuilles,
Donnez-moi les valeurs, apportez-moi les feuilles.
Le facteur, vivement, fait signer son carnet ;
Puis un des gardes-frein donne un coup de cornet.
A ce signal, alors, la superbe machine
Démarre doucement, faisant joyeuse mine,

Prenant de la vitesse, avançant fièrement,
Vomissant la vapeur par son échappement.

Suzon, va doucement, ma belle,
Ménage ton beau mouvement,
Et surtout ne sois pas rebelle ;
Conduis-toi convenablement.

Attention, la nuit est noire,
Et la lueur de tes falots
Me fait souvenir d'une histoire
Que m'ont contée des matelots.

Tu vas, déroulant dans l'espace
Tes anneaux de cuivre et de feux,
Pareille à l'Hydre de la Thrace,
Ce monstre antique et fabuleux.

Allons, ma Suzon, sur le rail
Que tu martèles avec ardeur,
Ne compromets pas ton travail,
Règle ta force et ta vigueur.

De tes deux tiroirs, ô ma reine,
On entend le chuchotement,
Et tes pistons, ma souveraine,
Font parler ton échappement.

Je vois les tiges de tes crosses
Sur la glissière allant, venant ;
De l'abri aux colonnes torses,
Je vois tourner tes roues d'avant.

Et puis le jeu de tes bielles
Actionnant ton mouvement,
Tes colliers, tes manivelles,
Tes barres de prolongement.

Tes secteurs règlent ta vitesse ;
Tes bielles d'accouplement,
Pleines d'entrain et de souplesse,
Font tête à l'orage et au vent.

Le jeu de tes quatre excentriques
Attire mon attention,
Car les écarts non cylindriques
Gênent ta distribution.

Sur tes deux tables d'orifice,
La vapeur glisse doucement ;
Elle va, vient. sans artifice,
Et puis rentre à l'échappement.

Je t'aime, adorable machine,
Avec ton beau panache blanc ;
J'aime ta gracieuse mine,
Ton air joyeux, ton parler franc.

O ma belle locomotive,
Toi, mon amour, mon gagne-pain,
Alerte, et surtout sois active,
Je suis avec toi ce matin !

Tu me dis de bien douces choses ;
Mon rêve est heureux, souriant.
Sur toi je sémerai les roses
Et tous les parfums d'Orient.

Tu passes dans la nuit sereine
Comme un fantôme sous le vent,
Prenant ses ébats dans la plaine.
— Henri, levez le paravent.

Et puis, vite, prenez la pelle,
Mettez du charbon sur le feu,

Car le jeu de chaque étincelle
Annonce des barreaux le jeu.

Allons, dépêchez-vous, voyez, la vapeur baisse.
Nous sommes en retard ; trois heures du matin !
Vous tremblez, qu'avez-vous ? Pourquoi cette faiblesse ?
Nous serons de repos en arrivant demain !

Prenant la pelle alors, il étend sur la grille
Le charbon préparé pour activer le feu,
Puis de l'échappement retirant la goupille,
Le fait fonctionner, le serrant peu à peu.

Le chauffeur regardait, et, sans bouger de place,
Était comme étranger à ce qui se faisait ;
Ses sourcils se fronçaient et sa sinistre face
Prenait un air méchant et son front se plissait.

— Henri, faites de l'eau, déjà la vapeur monte ;
Voyons, m'entendez-vous ? Vous êtes décidé
A ne pas travailler ? Alors je rendrai compte
De votre entêtement ; vous serez révoqué.

Vous ne répondez pas ; votre enfant, votre mère
Attendent de vous seul le pain de chaque jour.
Qu'avez-vous ? Dites-moi, pourquoi cette colère ?
Ces deux êtres chéris réclament votre amour !

— Malheur ! Est-ce bien vous, dérision amère,
Qui me parlez ainsi après m'avoir trompé,
Après avoir porté la honte et la misère
Dans mon humble logis que vous avez souillé !

Ce n'était pas assez de me prendre ma femme,
De lui faire oublier ses devoirs, son enfant,
De semer la douleur et de briser mon âme ?
Que vous avais-je fait pour être aussi méchant ?

Vous aviez pour vous la beauté, la richesse ;
Moi, j'avais pour tout bien mon travail, mon amour.
Et vous m'avez tout pris... tout ! jusqu'à la tendresse
De celle que j'aimais ; tout cela en un jour !

Ah ! je vous estimais, malgré votre âme fière ;
Vous m'avez sans pitié flétri, déshonoré !
Je vous portais, Oudait, une amitié sincère ;
Je puis bientôt mourir, de chagrin dévoré !
Vous seriez libre alors ; ma vengeance est trop douce !
Il faut que dans la tombe un fer vengeur nous pousse !
Je veux tout votre sang ou vous prendrez le mien !

. . . .

— Allons, paix, taisez-vous, graissez donc votre frein !
Que me chantez-vous là ?... Voyez votre machine !
C'est le désordre ici !... Vous ne faites plus rien !
Tout tombe en désarroi, on dirait une ruine !

Vite, vite, cassez, donnez de la briquette,
Allons, dépêchez-vous, nous verrons ça demain ;
Puis apprêtez aussi la petite burette.
Vous êtes dans l'erreur, hélas ! oui, c'est certain.

— Celle que j'adorais, que je croyais sincère,
Pour qui j'aurais donné tout mon être et mon sang !
Ma femme que j'aimais... Anathème et misère,
N'existe plus pour moi... Vous n'êtes qu'un brigand !!!
C'est toi qui l'entraînas dans ce fatal abîme.
A droit au châtiment qui consentit au crime !...

Misérable ! meurs donc !... Puis, levant la massette
Qu'il tenait à la main pour casser le charbon,
Il le frappa, soudain, au sommet de la tête.
Le machiniste, alors, tomba sur le caisson !
« Mon Dieu, pardonne-moi cet excès de colère.
J'étais fou, j'ai frappé, quel horrible destin !...

Ne me condamne pas, exauce ma prière ;
Pitié ! mon Dieu ! pitié ! je suis un assassin !

Seigneur ! inspire-moi en ta grâce sublime ;
Je frissonne et j'ai peur !... Horrible coup du sort !
Que faire maintenant pour expier mon crime
Qu'il faut cacher à tous ?... Ce malheureux est mort !... »

Le deux cent trente-six continuait sa route ;
On percevait le bruit d'un grondement affreux.
Partout il faisait noir, et sous la sombre voûte
Se montrait au lointain la lueur de deux feux.

Il prit entre ses bras le corps de sa victime,
Le traînant vers la rampe et d'un effort, soudain,
Il le laissa glisser le long de la machine,
Etendu sur les rails en travers du chemin.

Puis, allant au sifflet qui doit donner l'alarme,
Manœuvra l'appareil qui commande le frein ;
Les sabots se serraient en faisant feu et flamme,
Et cent mètres plus loin il arrêtait le train.

— Qu'y a-t-il ? demanda le chef, de sa guérite ;
Sommes-nous en détresse, et pourquoi cet arrêt ?
Le chauffeur répondit : — Venez donc au plus vite ;
Oudait vient de tomber en graissant le sifflet.

Puis, au même moment, passa comme une trombe
Le train dix de Bordeaux, dans son rapide essor,
Mugissant et sifflant, pareil à une bombe
Quittant son nid de bronze et répandant la mort !

On accourt aussitôt, on cherche sur la route
Le mécanicien que l'on croit retrouver.
Horreur ! chacun recule atterré, en déroute ;
Le malheureux est là, on n'ose le toucher.

Le train avait passé, ainsi que la machine,
Hachant, coupant, broyant le machiniste Oudait !
Ce n'était qu'un monceau d'os et de chair sanguine ;
Le cœur dans la poitrine encore palpitait.

Ici c'est une jambe, un peu plus loin la tête ;
Dans le fossé les bras, puis au milieu le tronc ;
Et là, tout près du rail, comme une bandelette,
Un long lambeau de chair, puis un morceau du front.

Un garde-frein resta auprès de la victime,
Attendant les secours demandés à Choisy ;
Et puis le chef de train monta sur la machine,
Escortant le chauffeur pour se rendre à Ivry.

La machine arriva sur la plaque tournante ;
Le chauffeur la gara... Une fois au dépôt,
Chacun lui demanda d'une voix frémissante :
— Oudait est donc tombé en changeant un falot ?

— Non, répondit Henri, le sifflet marchait mal ;
Montant sur la chaudière, il voulut la graisser.
Moi, je chargeais le feu... Oh ! supplice infernal !
En fermant le giffard, je l'ai bien vu tomber.

Puis, prenant ses effets, chancelant, il chemine,
Pâle et triste, abattu, le cœur plein de regrets,
Murmurant faiblement : « O ! ma noble machine,
Mon deux cent trente-six, garde-moi le secret !!! »

Le Choc

~~~~~

Le deux cent trente-six fumait sous la remise,
Le chauffeur essuyait l'enveloppe-chemise
Du lourd générateur rivé sur longerons,
Que dorait le soleil de ses joyeux rayons.
Le fer se dilatait sous l'effort de la flamme,
Les tôles s'allongeaint, craquaient, et déjà l'âme
Sortait de la matière. Enfantement nouveau,
Un être surgissait des globules de l'eau ;
Puis alors, surchauffé par l'énorme chaleur,
Le fougueux élément se formait en vapeur.
On entendait aussi le sourd bouillonnement
De l'eau qui crépitait, pareille au roulement
Du tambour : la vapeur arrivait aux soupapes ;
Le chauffeur vivement ferma toutes les trappes.
Chiffons en mains, debout, deux ou trois nettoyeurs
Frottaient le mouvement, les barres et les secteurs.
Enfin le machiniste, armé de ses burettes,
Dans la fosse à piquer tirait les épinglettes ;
Des siphons il graissait les boîtes trop rigides,
Les ressorts de l'avant, de l'arrière et les guides ;
Puis, sortant de la fosse et tâtant les clavettes,
Presse-étoupes et goujons, moyeux, bandages et frettes,
Goupilles et graisseurs, boulons et contre-écrous,
Jantes, essieux, rayons, contre-clavettes, roues,
Examine les vis, les têtes des bielles,
Les tiges des pistons et les deux manivelles,
Les poulies excentriques et les quatre colliers,
L'arbre de relevage ainsi que les paliers.
Montant sur la machine, attendant le départ,
D'une main, de la gauche, il ouvre le gueulard ;

Aussitôt le chauffeur, ayant cassé la houille,
La prend dans une pelle, au robinet la mouille.
·Habitué sans doute à ce muet langage,
Il étend le charbon sur le brûlant barrage.
Tout est prêt ; il est l'heure, il demande la voie
Par trois coups de sifflet que l'écho lui renvoie.
Le disque s'est ouvert, la machine s'élance ;
Belle de majesté, doucement elle avance
Vers la gare où l'attend le train six de Paris,
Bondé de voyageurs et chargé de colis.
Le sous-chef de la gare inspecte les voitures,
Attelages et freins, verrous et fermeture ;
Puis, soudain, on entend résonner le cornet :
La machine répond par un coup de sifflet.

En route, ma belle machine,
Ne démarre pas brusquement ;
Comme un soldat de haute mine,
Tu avances coquettement.

Là, doucement prends ta vitesse,
Sans embarras ton mouvement
Se meut sans force, avec souplesse.
Prêt à lutter contre le vent.

Ta démarche est majestueuse,
Ton roulis sûr et gracieux,
Ton allure est fière et nerveuse,
Ton sourire est doux et joyeux.

Dépêchons, en avant, ma reine !
Déroule ton panache blanc ;
Lance partout, ma souveraine,
Ton cri joyeux, ton parler franc.

Tu te balances sous la brise
Qui vient te caresser le front ;

Et puis quelquefois tu te grises
Dans un élan fougueux et prompt.

Hourra ! nous dévorons l'espace ;
Plaines et bois, tout disparaît ;
Et toi, sans jamais être lasse,
Tu ne penses plus à l'arrêt.

Allons, modère ton allure,
D'une courbe nous approchons ;
La route ne paraît pas sûre,
La pente est rude et nous glissons.

La nuit a déployé son voile.
Que Dieu protège ma Suzon !
Le ciel est noir, pas une étoile
Ne vient éclairer l'horizon.

Attention, voilà la gare
De Savigny ; nous approchons ;
Craignons la casse et la bagarre,
Serrons les freins, ralentissons.

Morbleu ! courons : la voie est libre,
Les signaux sont tournés au blanc ;
La vapeur aux soupapes vibre,
Elle vient te battre le flanc.

Reprends ta vitesse, ô ma belle !
Pourquoi ces bonds ? Hein ! que fais-tu ?
Et surtout ne sois pas rebelle :
Il faut gagner le temps perdu.

Mais qu'ai-je vu dans la nuit sombre ?
Trois signaux rouges... C'est un train !...
Il est garé !... Ce n'est que l'ombre
De ses wagons sur le chemin.

En avant ! en avant ! augmentons la vitesse,
Du charbon sur le feu et du gaz aux pistons !
Que tu es belle ainsi, ma charmante maîtresse !
Tes muscles sont de fer, tes nerfs sont de laitons.

En avant ! en avant ! doublons les hectomètres !
Dévorons le chemin, faisons de la vapeur ;
Nous marchons maintenant à cent dix kilomètres.
En avant ! en avant ! Suzon, de la vigueur !

. . . .

Quel est ce choc affreux ? Tu tournes sur toi-même ?
Te voilà hors des rails, roues en l'air, sur le flanc !
Brisée, anéantie, au milieu de l'arène,
Tu n'as plus à ton front ton beau panache blanc !

Qu'avons-nous rencontré ?... C'est un train en détresse ;
Dans cette obscure nuit, ses signaux sont éteints...
Et rien ne le couvrait... Infernale vitesse !
Ses vagons sont broyés, obstruant les chemins !

J'entends de tous côtés des cris dans un blasphème,
Qu'est-ce que tout cela ?... Oh ! réponds-moi, mon Dieu !...
Cette flamme qui monte ! Anathème ! Anathème.
C'en est donc fait du train ? les wagons sont en feu ! ! !

Qui donc est près de moi ? Quel est ce corps inerte ?
Ce visage noirci et ces membres saignants ?
Henri ! c'est mon chauffeur... Horreur ! sa pauvre tête
Tient encore à son cou par des lambeaux sanglants !

Hélas ! je suis perdu... Quelle horrible détresse !...
Je vais mourir ici... Ma femme et mon enfant
Ne m'auront plus demain... Privés de ma tendresse...
Qui donc prendra soin d'eux ?... Est-ce toi, Dieu puissant ?

Elle n'est plus !!!

Elle n'est plus ! Mon Dieu, vous me l'avez reprise ;
Dans les cieux maintenant elle est à vos genoux ;
Je ne la verrai plus, ma petite Louise.
Grâce et pitié ! Mon Dieu, arrête ton courroux !

Il y a quelques mois, je la voyais encore ;
De la rose elle avait l'éclatante couleur,
Je lui disais : « Enfant, je t'aime et je t'adore,
Viens là, tout près de moi, reposer sur mon cœur ! »

Comme j'étais joyeux, en la voyant si belle !
Mon rêve était d'azur, heureux et souriant.
Les prés, les bois, les fleurs, le vent, tout est plein d'elle,
Et je sens sur mon front les baisers de l'enfant.

Mais un soir, quand je vis les roses de sa bouche
S'effacer doucement ; elle disait : — « Mon Dieu !...
Je souffre horriblement !... » J'étais près de sa couche,
Ses beaux yeux se fixaient sur l'azur du ciel bleu !

Et le temps, chaque jour, accomplissait son œuvre,
Détruisant lentement les germes de la vie.
La science impuissante... oh ! terrible manœuvre...
Essayait de combattre et retombait meurtrie !

Et moi qui dévorais cet horrible martyre,
Je disais : « Ce n'est rien. » Il fallait bien sourire,

Chercher surtout à la tromper.
Devant elle il fallait paraître gai, folâtre,
Lui parler du printemps, que sais-je ? du théâtre.
  Ah ! quand Dieu frappe, il sait frapper !

Ainsi Dieu le voulait, il faut que tout s'achève,
Hier, elle était là, ses mains, je les pressais,
Puis aujourd'hui plus rien. Adieu donc, mon beau rêve !
  Dieu l'a voulu, je l'oubliais !

Maintenant elle dort sous une large pierre,
L'aïeul est resté seul, triste, abattu, rêveur,
Mêlant son nom chéri à sa douce prière,
Brisé, anéanti, sous sa morne douleur.

Hélas ! oui, tout est mort, tout, même l'espérance,
Le désert se déroule avec son sable immense.
Je suis resté debout, moi, qui croyais mourir !
Puis, je ne sais pourquoi, je ne puis le comprendre,
J'ai pensé bien longtemps qu'il allait me la rendre,
Que Dieu la ranimant, elle allait revenir !

Le désert sans pouvoir y déployer ma tente,
Où retrouver ce cœur qui vivait dans l'attente,
Ce cœur, aimant et doux, qui disait : Que fait-il ?
Sable ou terre, où sera la place d'une tombe,
La consolante voix près de l'homme qui tombe.
  Vivre ainsi, c'est partout l'exil !

Ma vie a toujours eu d'indicibles alarmes ;
Doux sourire d'enfant, je ne vous verrai plus.
Sans jamais me noyer, surnageant dans les larmes,
Oh ! mes beaux rêves d'or, qu'êtes-vous devenus ?...

Tout tombe autour de moi, l'effroyable tempête
Dans son horrible course a emporté l'enfant ;
La terrible rafale incline chaque tête ;
Tout est mort et broyé, brisé par l'ouragan !

Ainsi que le vieux chêne aux robustes racines,
Je me suis incliné sous l'effort du géant,
Pliant, ne rompant pas, et semblable aux ruines
D'un ancien château-fort secoué par le vent !

La vieillesse a besoin de soins et de tendresse ;
Il lui faut tout l'amour qu'on prodigue à l'enfant.
Elle a besoin d'égards, d'amitié, de caresse,
Pour lui faire oublier les ravages du temps.

La mort, pourquoi la mort ? Oh ! suprême folie !
C'est l'oubli de nos maux, c'est la fin de la vie.
Meure donc le vieillard ! Mais épargnez l'enfant !
Son sourire joyeux ranime les vieux ans !...

Mais où donc irons-nous ? Incertain avenir ;
L'homme frappé de mort a-t-il le souvenir ?
Dans l'azur éthéré où réside son âme,
A-t-il pu conserver la sainte et pure flamme ?
Peut-il voir sur la terre, ainsi qu'étant vivant,
Ceux qui lui furent chers et qui pleurent l'enfant ?
Mystère inexplicable et qu'on ne peut résoudre,
Vous torturant l'esprit ainsi qu'un coup de foudre !
Mon Dieu, répondez-moi : ne la verrai-je plus
Cette enfant que j'aimais ?... Oh ! regrets superflus !...
Ne la verrai-je plus ? Ou bien un doux mirage
Viendra-t-il près de moi refléter son image ?
Ne la verrai-je plus ? Oh ! répondez, Seigneur !
Je bravais la douleur, et maintenant j'ai peur !
Je doute de vous-même ; à tout je porte envie.
En cet affreux moment, je suis las de la vie !...

Oh ! oui, je la verrai au céleste domaine,
Tout m'en donne l'espoir, j'ai conservé la foi !
Nous serons réunis dans la divine plaine.
Souverain Créateur, je respecte ta loi !!!

Le Bonheur

Pourquoi tant s'agiter dans cette courte vie ?
Le bonheur n'est-il pas dans la tranquillité ?
Laissons couler nos jours sur une pente unie,
Et descendons gaiement aux rives du Léthé !

Douce sécurité, calme de l'innocence,
C'est en vous possédant que je me trouve heureux ;
Les dieux m'ont épargné les maux de l'indigence,
Et je suis riche assez en limitant mes vœux !

Disciple de Tibulle, il suffit à mon cœur
De célébrer l'amour, de chanter la tendresse,
D'errer dans les grands bois, d'y soupirer sans cesse.
Loin de la renommée habite le bonheur !

Une Tombe

Tous les deux étendus sous cette froide pierre,
Nous ne pouvons nous voir. Ah ! regrets superflus !
L'archange emportera la suave prière
Au trône du Très-Haut, au séjour des élus.
De notre saint amour, pure et douce allégresse,
Avec des harpes d'or, les heureux séraphins
Chanteront tous en chœur, avec crainte et tristesse,
Notre bonheur perdu... Gloire à vous chérubins !...

Souvenirs

C'était un soir d'été, et je suivais la route ;
Le soleil descendait, rougissant l'horizon.
Au loin, du vieux château j'apercevais la voûte,
Les murs et les créneaux, les tours et le donjon.

Dans la plaine, au lointain, auprès de sa bergère
Le berger chuchotait un doux refrain d'amour ;
Assis, entrelacés, sur la verte fougère,
Qu'ils étaient beaux tous deux, sur le déclin du jour !

Et moi aussi, j'aimais ; baisers, douces caresses
Me rendaient bien heureux ; alors j'avais vingt ans.
Je riais, je chantais. Doux concerts d'allégresse,
Qu'êtes-vous devenus ? Adieu, mon beau printemps !

Illusions

Je jette à tout venant mon cœur qui se recueille
Doucement, chaque jour, dans un rire joyeux ;
Je vais par le chemin en ramasser la feuille,
Pour l'offrir à l'Amour et lui bander les yeux.

Ah ! qu'il fait bon d'aimer, d'être aimé pour soi-même,
Quand le cœur se dilate en un baiser d'amour,
Quand pressant dans ses bras la femme que l'on aime,
Admirant de son corps le gracieux contour.

A vous, Docteur

Vous êtes, mon très cher docteur,
Plein de gaîté, de conscience,
Hippocrate, en joyeux seigneur,
Vous a donné l'art, la science.

Mais cependant ne croyez pas
Que pour quelques gouttes d'arome,
Je passe de vie à trépas :
Le vin n'a pas brûlé Sodome.

J'ai l'estomac en bon état,
L'esprit solide et le cœur tendre ;
Je puis bien, dans un doux ébat,
Chanter, boire et puis vous attendre.

A toi, Ninette

Quand, vers le soir, ton esprit, dans un songe,
Semble perdu dans le ciel éthéré,
Ton œil, enfant, dans l'azur bleu se plonge
Avec amour, bonheur et volupté !

Reviens à toi, ma douce mignonnette,
Ressaisis-toi, ange de mes beaux jours.
Console-toi, ma petite Ninette,
Je suis à toi, je t'aimerai toujours !

Amour

Je te prends, je te tiens,
Et sur mes deux genoux
D'un bras je les maintiens :
Tes jolis petits choux
Sont bondissants d'amour,
Ils me disent : Viens ! viens !
De ton amour, mon cher, tu sais, je me souviens.

Non, tu ne le veux pas ?
J'insiste, oh ! temps perdu !
Tu frémis dans mes bras,
Mais tu n'es pas vaincue !
Tu m'as dit : A ce soir.
Ce soir, où serons-nous ?
— Dans mon lit, mon Pierrot. Que ton baiser est doux !

Prière

La Vierge que vous adorez,
Pour vous, Jenny, quitte son temple ;
Enfant, le soir, quand vous priez,
Elle sourit et vous contemple.

Tout dans l'immortelle nature
Est miracle aux petits enfants ;
Ils ont des frissons pour parure,
La vie, pour eux, c'est le printemps.

Ennuis

Chère enfant, vous savez que la mort est bien douce
Pour ceux que le bonheur loin de son sein repousse,
Et que chaque soleil descendu sur leur front
N'est pour ces fils des pleurs qu'un ironique affront.
Ah ! plaignez-les toujours, ces longs martyrs de l'âme
Qu'en tous lieux traque et mord la destinée infâme,
Les pauvres délaissés que chacun repoussa,
Qu'au hasard la fortune un jour éclaboussa
De sinistres revers dans leur fangeuse ornière ;
Des incompris dont la convoitise dernière
Est d'expirer, un soir, dans un rire joyeux.
Cliquetis de lueurs, oh ! bonheur précieux !
De voir le vert feuillage, ainsi que le brin d'herbe
Qui se mire à l'éclat du firmament superbe,
Quand sur son corps usé que l'humus va pourrir,
Malvina, plaignez-le, mais laissez-le mourir !!!

Caprice

Mon cœur est plein d'ivresse ;
Dans un fougueux émoi,
Objet de ma tendresse,
Je te tiens près de moi.

Célina, mon amie,
Dans mes bras se délasse.
A toi, femme chérie,

Mon amour et ma vie,
Viens donc que je t'embrasse.

— Je t'aime, ô mon chéri,
Je t'aime avec délice,
Je donnerais ici
Mon corps, mon âme aussi.
A toi, pour un caprice !

~~~~~~~~~~

Douleurs

~~~~

Mon âme endolorie après ce choc terrible
Semble quitter la terre en un cri douloureux,
Mon cœur en est meurtri, il était invincible ;
Pourtant il va mourir en regardant les cieux !

Qui donc l'avait blessé ? Terreur imaginaire,
Un songe affreux peut-être ? Oh ! douce émotion !
Je cherche en vain. Seigneur ! exauce ma prière.
Ah ! c'est par trop souffrir. Triste damnation !...

Je l'avais pressenti dans ma gaîté joyeuse,
Un nuage semblait obscurcir l'horizon !
Je revivais enfin, mon âme était heureuse,
Dans mon être, aujourd'hui, chancelle la raison !

Je sens descendre en moi une brise céleste,
Qui rafraîchit mon âme et raffermit mon cœur.
Je croyais bien mourir en cette heure funeste.
Merci, mon Dieu ! Merci, tout-puissant Créateur !

~~~~~~~~~~

Souffrance

~~~~~~

Pourquoi cette mine chagrine ?
Ah ! vous allez vous névroser.
Vous marchez tristement, Aline,
En venant de nous promener.

En déjeunant à la campagne,
Vous avez ri, et sans façon
Je vous ai offert du champagne,
Afin de vous donner du ton !

J'aime l'éclat de votre rire,
Que l'écho emporte le soir,
Quand dans un amoureux sourire,
Vous montrez vos perles d'ivoir.

Si vous saviez combien on aime
Quand on a l'âge de vingt ans !
Il faudrait qu'il en soit de même
Près de sa femme à soixante ans !

~~~~~~~~~~

Doux Souvenirs

~~~~~~

Tu te souviens de ce beau soir
Où ma bouche effleura ta levre ;
Tu te souviens de ce beau rêve
Qui me rattachait à l'espoir.

En t'asseyant sur mes genoux,
J'avais le respect le plus pur ;
Un baiser m'eût semblé bien doux
Sur tes beaux yeux couleur d'azur.

Puis, comme une biche blessée,
Tu frissonnas sous mon étreinte ;
Et, tremblante, tu t'es levée,
Prise d'une amoureuse crainte.

Mais en tombant à tes genoux,
Célina, je disais : « Je t'aime ! »
Mon sentiment était bien doux ;
Et tu me repoussas quand même !

Douces Illusions

Vous qui vous élevez, avec vos ailes roses,
Dans le vague infini du bel azur des cieux ;
Vous qui m'avez promis tant de suaves choses,
Dans un rêve doré qui me rendait heureux,

Je vous vois sommeiller, les lèvres demi-closes,
Et à votre réveil je lis dans vos beaux yeux
Que je suis bien l'aimé ; puis, dans vos chastes poses,
Je renais au bonheur qui charme l'amoureux.

Vous êtes tout pour moi. Oh ! vous, que je vénère,
Vous donnez le plaisir des amours enivrants !
Vous bercez mon sommeil. Ineffable mystère,
Vous donnez à mon cœur son amour de vingt ans !

Surah

Surah est un superbe chien,
Mais il lui manque la parole ;
Il ne commet aucun larcin ;
D'une rose il a la corolle.
Quand il sort sur le boulevard,
Chacun se dit : « La belle bête ! »
Il est querelleur et bavard,
La queue en l'air, dressant la tête.

Quand sur la route d'Aubigny
Il va du nez rasant la terre,
Cherchant son ami Glatigny,
Il devient correct et sévère.
Puis, fouillant du pied les buissons,
Il fait lever dans les broussailles
Perdreaux, lapins, moineaux, dindons,
Corbeaux, faisans, merles et cailles.

C'est un joli pointer anglais,
Il est bruyant, de race folle,
Son poil est soyeux, luisant, frais ;
Du velours il a l'auréole.
Il a l'amour du sentiment,
Ses yeux sont empreints de noblesse,
Il est aimable, intelligent ;
Il joint l'amour à la sagesse.

Chaque matin, au petit jour,
Surah, cette charmante bête,
Vient dire à son maître bonjour,
Lui montrant sa joyeuse tête.

Puis il vient aussi chaque soir,
En lui faisant une caresse,
Dire à sa maîtresse bonsoir ;
C'est de la joie et de l'ivresse.

Surah est franc, loyal et bon,
Bien meilleur que la race humaine ;
Il a du chic et du bon ton,
N'ayant ni rancune ni haine.
Jamais la sotte médisance
Ne hanta son cerveau de chien ;
Car sa modeste intelligence
Ne lui enseigna que le bien.

Mensonges

Vous savez bien, enfant, que l'amour est mensonge ;
Ah ! ne l'écoutez pas, gardez bien votre cœur.
Si l'on vous dit : « Je t'aime », ainsi que dans un songe,
Enfant, gardez-vous bien, gardez votre bonheur.

Vous savez bien que Dieu, dans sa bonté suprême,
Nous a donné l'amour, plaisir divin des cieux.
Enfant, quand on vous dit : « Viens dans mes bras, je t'aime !
Viens goûter le bonheur qui doit nous rendre heureux »,

Dites : « Je ne veux pas, je ne dois pas vous croire,
Car vous avez menti en jurant de m'aimer !
Vous n'aviez qu'un but, votre orgueil, votre gloire,
Celle de me flétrir, et puis m'abandonner ! »

Béatitudes

Heureux qui près de son amie
Peut se croire au sein du bonheur,
Voir la fortune sans envie
Et conserver la paix du cœur !

Heureux qui sans inquiétude
Sait occuper tous ses loisirs,
Et qui, par une aimable étude,
Éloigne tous les vains désirs !

Heureux celle dont la jeunesse
A toujours fui la volupté,
Qui ne veut qu'amour et simplesse
Au sein de la tranquillité !

A toi, Aimée !

Tu as juré de bien m'aimer ;
J'ai répondu à ta tendresse,
A genoux je veux t'adorer,
Viens, Nina, ma belle maîtresse.

Je te consacre mes amours,
En toi, Mignon, j'ai confiance,
Jure-moi de m'aimer toujours,
Et je n'aurai plus de souffrance.

Toute la nuit entre mes bras
Je te tiens serrée, ma Ninette,
Et je sens tes petits appas
Tressaillir sous ta chemisette.

~~~~~~~~~~

Rêveries

Quand un baiser bien doux, pris sur ta lèvre rose,
Me fait frissonner d'aise en me rendant heureux ;
Moi, qui toujours étais triste, indolent, morose,
Je me ranime enfin sous l'éclat de tes yeux.

Et puis, pressant ta main dans une douce étreinte,
Je te disais : « Je t'aime ! ô doux plaisir des cieux.
Viens, viens, mon Augusta ! Ecarte toute crainte !
Goûtons le vrai bonheur, amour divin des dieux ! »

~~~~~~~~~~

Angoisses

J'entends souffler le vent, et mon être s'envoûte ;
Tout sombre autour de moi, l'esprit est en éveil.
La rafale effeuillant les arbres de la route :
C'est le soir et j'ai peur de ces nuits sans sommeil !

Quand rugit la tempête et que soudain j'écoute
Les plaintes de l'orage écloses sans soleil,

Comme est longue la nuit à mon âme en déroute !
Je suis rempli de crainte à me sentir pareil.

Oh ! souffrance incroyable, angoisse délirante,
Quand le cœur est serré dans un cercle de feu,
La poitrine haletante, oh ! douleur effrayante,
Torture de damné ! je suis maudit de Dieu !

L'angoisse qui m'étreint ne s'enfuira qu'au jour,
Quand reviendra l'aurore, éclat pur en son or,
Quand, éclairant, enfin, les grands bois d'alentour,
Je verrai du soleil le sublime décor !

Sur l'herbe

Tous les deux, ce matin, au bois on est allé
Courir, cueillir des fleurs, pendant une heure entière ;
Et puis chacun de nous revient las, essoufflé,
S'asseoir sur le gazon, au bord de la rivière.

Du petit sac de toile où il était caché
Le festin pour nous deux est disposé par terre.
Ma coupe est toujours vide : avec un mot salé
J'exige que souvent on remplisse mon verre.

Le bordeaux, le champagne, hélas ! étaient taris ;
Le melon, le gigot, avec la galantine,
Le saumon, la langouste, ainsi que le chablis,
Avaient teinté les yeux de ma belle voisine.

Le Jour des Morts

L'occident se dilate en une gerbe d'or ;
Sous les feux du couchant le grand dôme a relui,
Tout est calme et joyeux. Quel sublime décor !
Le crépuscule approche et puis après la nuit.

Quels sont ces noirs abbés me bourdonnant un psaume ?
Devant un crucifix, pourquoi ce grand flambeau ?
Pourquoi ces fossoyeurs à face de fantôme ?
Ils viennent m'enlever, cousu dans un lambeau !...

Puis, après quelques chants, la lugubre assemblée
Referma le cercueil et me couvrit le front ;
Et chacun s'éloigna de la fosse comblée
En murmurant tout bas : « Il n'est plus, le démon ! »

Maintenant, oh ! mon âme, où iras-tu ? Doit-elle,
Comme moi, surnager, atôme aérien !...
Disparaître ou souffrir, ou planer immortelle,
Auprès de toi, mon Dieu, dans ton palais divin ?

Aimez-vous bien

Sur les coteaux pleins d'ombre et les plaines fleuries,
L'oiseau redit au loin son gazouillis joyeux.
Au beau clocher d'Argent, en saintes rêveries,
L'angélus a sonné ses tintements pieux.

Puis, regardez là-bas, sur la Sauldre irisée
Un cercle d'or paraît, rayonnant à l'entour,
Il grandit lentement et sa courbe embrasée
Élève dans le ciel son fulgurant contour.

Voyez, c'est le soleil, et la nature entière
Exhale un doux murmure en un chant virginal.
Les arbres frissonnants, et, comme une prière,
Redisent tous entre eux leur hymne matinal.

La mère à son enfant, sous l'humble toit de chaume,
Joint les petites mains, sourit avec bonté.
Puis demande au Très-Haut, lui redisant un psaume,
D'éloigner de ce jour la dure adversité.

Et le soleil grandit dans sa courbe azurée,
Ses rayons plus brûlants vont mûrir les moissons ;
L'oiseau chante et la fleur éclose et parfumée
Adressent tous à Dieu leurs plus douces chansons.

Aux hymnes infinis, prières éternelles,
Hommes, mêlez vos chants, vos sourires d'amour ;
Que vos cœurs enivrés, que vos mains fraternelles
Se joignent en priant le Dieu de ce beau jour.

Mais sous les plis soyeux d'un voile en mousseline
On voit briller au loin l'éclat de vos beaux yeux :
C'est l'étoile du soir qui, doucement, s'incline,
A la chute du jour, dans l'infini des cieux !

Et puis, sur vos cheveux, la couronne des vierges
Entoure votre front !... Auréole brillant
Vous êtes au milieu des ris, des fleurs, des cierges ;
Et là-haut, dans les cieux, Dieu bénit son enfant.

Dans l'azur on entend le doux concert des anges,
Où résonnent les voix des joyeux séraphins.

Puis au-dessus de vous voltigent les archanges,
Soutenant dans leurs bras les heureux chérubins.

Saluons en ce jour le jeune mariage.
Aimez-vous bien ! Hélas ! c'est là le vrai bonheur !
Soyez toujours unis, ne soyez pas volages,
Vous êtes, maintenant, même corps, même cœur !

Gracieux Souvenirs

Te souviens-tu, Norma, quand la douce nature
Jadis nous souriait au retour du printemps ;
Quand les champs et les bois, parés de leur verdure,
Semblaient nous rappeler l'amour de nos vingt ans ?

Quand le soleil dorait l'amoureuse aubépine,
Tu te cachais alors sous les buissons en fleurs
Enivrés du parfum de la rouge églantine
Qui colorait nos fronts et charmait nos deux cœurs.

Puis le gai rossignol lançait ses chansonnettes,
Mêlant ses tons divins au murmure de l'eau.
Tu te souviens, Norma, sous l'ombre des branchettes,
Tu mirais tes beaux yeux dans l'onde du ruisseau.

Et moi, le cœur charmé, enivré de tendresse,
Assis auprès de toi, enlacé dans tes bras,
J'aurais voulu mourir sous ta douce caresse,
Savourant avec toi le vrai bonheur, hélas !

Pourquoi ?

Ah ! dites-moi pourquoi le doux parfum des roses,
Ainsi que leur fraîcheur, ne dure qu'un seul jour ?
Ah ! dites-moi pourquoi les fleurs fraîches écloses
Tombent et passent, hélas ! sans le moindre retour ?

Ah ! dites-moi pourquoi l'amitié, la tendresse
Ne rencontrent toujours que sanglots et douleurs ?
Ah ! dites-moi pourquoi l'amour, la folle ivresse
N'engendrent que soucis, chagrins, peines et pleurs ?

Ah ! dites-moi pourquoi toute feuille qui tombe,
Soit du grand peuplier, du chêne ou de l'ormeau,
Ah ! dites-moi pourquoi l'être humain qui succombe
A son destin écrit au fond de son berceau ?

Petit Soulier

Oh ! que j'aime à le voir ton soulier de satin,
Portant dessus l'empeigne escarboucle de ganse,
Trottinant tous les jours, sans douleur ni souffrance,
Dans la rosée humide et les pleurs du matin.

Hélas ! on en boirait du noble chambertin,
Dans ce petit soulier d'une exquise élégance,
Dans ce petit soulier brodé d'or, de satin,
Qui porte avec amour escarboucle de ganse !

Enfin, je m'imagine, et certes c'est certain,
Car dans ses petits pas et sa fière fringance,
Plus d'un bel amoureux, hardi, plein d'arrogance,
En contemplant ce pied bien cambré et bien fin,
A dû rêver souvent au soulier de satin.

Heureux Retour

Tu m'aimes, tu le dis, et tu crois à l'amour,
Toi, que mes pleurs, hélas ! laissaient froide et glacée.
Cherche dans mon regard, réponds à ma pensée,
Crois-moi, je t'aimerai jusqu'à mon dernier jour.

Non, je ne croyais pas à ce brusque retour,
Je t'avais tout donné, et cependant tout passe ;
Je croyais que mon âme à l'âme qui l'enlace
Serait toujours unie en un sublime amour !

Aujourd'hui, tu reviens, mais non pas tout entière ;
Et moi, je n'ai gardé de ma mémoire altière
Que l'heureux souvenir d'un amour bien plus fort.
Je suis resté celui qui te désire toute.
Femme, m'as-tu compris ? Et, cependant, je doute ;
Ouvre-moi tes deux bras, dissipe mon effort !

Premier Amour

Hélas ! j'avais vingt ans. Un soir, sur la colline,
Tête basse, j'errais, par un beau soir d'été,
Quand soudain je te vis, lascive libertine,
Passer charmante et belle en frôlant mon côté.

Ton œil limpide et noir, au regard qui fascine,
Promettait le bonheur, douce lubricité ;
Balançant de ton corps la hanche souple et fine,
Tu faisais naître en moi l'amour, la volupté.

Et toi, sans t'occuper de mon air lourd et gauche,
Tu devinas de suite, en voyant mes deux yeux,
Que pour t'aimer, enfin, contenter ta débauche,
Tu ne pourrais jamais, en cherchant, trouver mieux.

Enfin, je m'approchai, j'entrepris ta conquête,
Voulant te captiver par de galants discours ;
Mais tu troublas si bien mon cœur, ma pauvre tête.
Que je fus tout à toi, et combien ? pour huit jours !

Viveurs

Ce menu, mes amis, c'est un joli poème,
Voyez-en la préface, oh ! doux plaisir des dieux !
Voilà, certes, un repas digne de nos aïeux :
Un superbe rôti, du beurre et des radis,

Un poulet au cresson, arrivant de Paris,
Des huîtres et du melon, enfin tout ce qu'on aime !

Voyez donc ce poisson, épave de carême ;
Aiguisez bien vos dents, écarquillez les yeux,
Car devant cette table on se sent bien heureux !
Voilà un vol-au-vent aux tomates farcies,
Garni de champignons : Messieurs, pas de folies !...
Puis des haricots verts bien sautés à la crème !

Une tête de veau bien dodue et bien cuite ;
Saluons, mes enfants, ce turbot bienheureux.
A table, mes amis, surtout soyons joyeux !
Un beau quartier de bœuf escorté de salade.
De ces beaux artichauts faisons une poivrade,
Surtout n'oublions pas notre beau plat de truite.

Puis avec l'entremets juteux et croustillant,
Buvons, Messieurs, buvons, le bordeaux, le champagne ;
Savourons lentement le noble vin d'Espagne ;
Le petit four aussi est un mets succulent.
Mais voici le moment cher à la rigolade :
Tenons-nous bien, Messieurs, debout, pas de pochade,
Humons notre café, d'un geste abandonné.
Goinfres, nous pouvons rire à ventre ballonné !!!

~~~~~~~~~

Épigramme

~~~~~

Je ne veux pas fausser ta dent
Par un baiser nourri de flamme,
Car je craindrais ce qui souvent
Détruit l'amour et la réclame.

Mais on pourrait, si tu le veux,
Toi, qui es jeune, un peu coquette,
En écartant tes trois cheveux,
Te mettre une belle casquette.

Ton teint est jaune, un peu plombé,
Lèvres serrées et provocantes,
Un œil brillant, ensorcelé,
Taille lascive des bacchantes.

Tu vois un homme et aussitôt
Entre ses bras tu vas t'étendre ;
C'est son porte-sous qu'il te faut.
Malheur, s'il ne sait se défendre !

Épigramme

Vous désirez vous marier ?
Vous êtes bien trop difficile :
Vous dédaignez le roturier,
Vivre chez lui serait facile.

Le Médecin aux Enfers

Dans le ciel, autrefois, il y avait des dieux
D'une aménité infinie.
Un de nos médecins, et pas des moins fameux,
Dut à son tour quitter la vie.

Alors, dès qu'il parut sur les antiques bords
        Qu'arrose le fleuve Cocyte,
Ce fut, au noir séjour des mourants et des morts,
        Une épouvante extra-subite.

Hommes, femmes et enfants, tout le monde fuyait
Et chacun de courir ainsi que l'on eût fait
        A l'approche d'une Euménide.
Cette fois, le bateau du bonhomme Caron,
Tout plein de voyageurs chaque jour, nous dit-on,
        Pour le moment demeura vide.

Cet illustre savant, au milieu du fracas
Qu'il fit en arrivant dans le lieu du trépas,
Se trouvait étonné, disant : « Je suis un être ! »
        Car, à son air épanoui,
        L'on aurait dit un favori
Arrivant à la cour de son auguste maître.

Puis alors, cheminant d'un pas sûr et léger
        Tout le long de la froide rive,
Sans aucun embarras, il dit au vieux nocher :
« Monsieur Pluton sait-il, aujourd'hui, que j'arrive ? »

        Ce à quoi l'autre, un peu butor,
        Lui répondit : « Mon cher confrère,
        Vous n'avez, certes, qu'un grand tort :
        C'est de trancher du nécessaire ;
Car enfin, cher ami, puisqu'ici l'on est mort,
Nul n'a besoin de vous, et qu'y venez-vous faire ? »

Amour divin

L'amour, vous le savez, cette douce lumière,
C'est la nuit, c'est le jour, gouffre béant, affreux !
L'amour, c'est le bonheur, belle et tendre prière,
C'est quelquefois aussi un blasphème odieux !

Amour, céleste amour, oh ! sainte ivresse impie !
Amour, divin amour, pure et sainte ferveur,
Sois toujours la sagesse, éloigne la folie !
Méprise la bassesse et reste la grandeur !

Noble amour, mot divin qui couronne l'archange,
Amour que les élus divinisent aux cieux ;
Amour qui bien souvent est traîné dans la fange
Par des êtres impurs, des cœurs voluptueux !

L'Argent

Il est, vous le savez, cinq choses en ce bas monde
Dont l'humble humanité ne saurait se passer
Et qui toujours font loi, s'imposant à la ronde,
Nous servant d'objectif, nous donnant à penser.

Elles sont toutes cinq toujours indispensables
Au plus parfait bonheur, à la félicité ;
Ce sont, ne riez pas, cinq choses inestimables :
L'honneur, l'or et l'argent, l'amour et la santé.

Sachez qu'avec l'argent, Messieurs, on peut tout faire,
Pourvu que l'on soit fort, que l'on se porte bien,
Quand même serait-on aux vallons de Cythère.
Souffrant, vous le savez, on n'a du goût à rien.

L'amour, je vous le dis, est un charmant mystère,
Mais il lui faut toujours l'argent pour compagnon.
Sans cela, mes enfants, il demeure éphémère :
Quand notre pauvre bourse est vide et sans un ron.

L'honneur et la santé, l'amour, l'or, la richesse
Ne peuvent se quitter, sachez-le, mes amis,
Car pour passer gaîment notre folle jeunesse,
A l'alliance enfin, tous cinq ils sont soumis !

Rêves

Hélas ! j'ai trop couru tous les veules sommeils,
Qui fascinent le cœur en laissant des nausées.
Je l'ai souillé, mon rêve, en baisers tous pareils,
En idéals troublants, éphémères épousées !

Je ne t'avais pas vue, j'ignorais la splendeur
De ton brillant regard, ainsi que tes chairs blondes,
J'ignorais tes seins nus, ta sublime candeur,
Ainsi que tes cheveux qui déroulent leurs ondes.

Profane, j'ignorais le ciel de tes beaux yeux,
Etoile du matin et soleil tous ensemble,
Tout moirés de reflets et pareils à l'or vieux ;
Et ton beau corps d'ivoire devant qui ma main tremble

Pervenche

Si j'avais comme toi, solitaire pervenche,
Si j'avais ton beau front de verdure voilé,
Si j'avais ta senteur et ta tige qui penche,
Sous le bleu firmament, sous le ciel étoilé.

Oh ! ma gentille fleur, que tu es radieuse !
Le seul et vrai bonheur environne tes jours.
Reine de la prairie, ah ! que tu es heureuse :
Les amoureux zéphyrs te berceront toujours.

Belle et charmante fleur, mon amour, mon idole,
Flore, en te parfumant d'invisibles baisers,
Inonde chaque jours ta superbe corolle
Et te verse l'amour jusques à l'épuiser.

Jalousie

Après trois mois de mariage,
On est content, on est heureux.
Messieurs, mettez-vous en ménage
Si vous voulez être joyeux.

La jalousie, un vice infâme
Qui vous fait perdre la raison,
S'est emparée de votre femme.
Ah ! je vous plains, pauvre garçon !

Si votre moitié vous taquine,
Regardez-la, croisez les bras,
Respectez cette humeur chagrine,
Chantez et prenez vos ébats.

Chaque jour, dans votre demeure,
C'est le bagne, c'est la prison...
Le matin, le soir, à toute heure,
Votre épouse est en pâmoison !

Hélas ! Messieurs, sur cette terre
Il n'est pas de bonheur parfait.
Ne vous mettez pas en colère
Et, croyez-moi, soyez discrets.

L'Attente

L'enfant, bien doucement, un soir, presque et sans bruit,
De son bras frais et blanc entr'ouvre la fenêtre :
Par ce beau clair de lune et cette belle nuit,
Qu'allons-nous voir enfin et que va-t-il paraître ?

Sera-ce une ombre ou bien un jeune homme rêveur,
Au visage pâli sous la lumière brune,
Recueilli, animé d'une sainte ferveur,
Priant dévotement la volage Fortune ?

Ou sera-ce une femme au pudique front blanc,
Qui n'ayant plus d'espoir ni aucune espérance,
Cherchant à soutenir avec un regard franc
Sa tête endolorie et pleine de souffrance ?

Ce visage attristé, victime de l'amour,
C'est celui d'une femme aimante, douce et bonne.

Comme elle a dû pleurer et penser tout le jour
A son perfide amant qui rit et l'abandonne !

Je contemple toujours la belle vision
De cette jeune enfant que l'on trompe et qu'on leurre !...
Mes yeux restent fixés sur l'apparition,
Sur ce noble martyr qui sanglote et qui pleure !

Elle regarde encor, toujours en frémissant,
L'azur tout étoilé de paillettes brillantes
Mourant discrètement, toujours s'affaiblissant :
L'aube les a chassées et sont tombées tremblantes !

Et puis, prise de peur, bien légère et sans bruit,
Se soutenant à peine et poussant la fenêtre,
Elle sourit au jour qui vient chasser la nuit.
C'en est fait, maintenant elle va disparaître.

Je me retire alors, calme, triste et rêveur,
Gardant le souvenir de la noble infortune.
Adieu, ma belle enfant, tu es, dans ta grandeur,
Aussi pâle, je crois, qu'un brillant clair de lune !

Songe heureux

Un gros bourdon doré vole et tintinabule
Sur ma tête, et mon front est tout enténébré.
Que va-t-il se passer ? Un songe funambule,
Agite mon cerveau tout déséquilibré.

Alors, sans nul prodrome et sans nul préambule
Il se fait sous mon crâne un travail de damné.

Qui monte, va et vient ; c'est une pâle bulle,
Sous un ciel bleu et noir, aux teintes d'or zébré !

L'imagination s'arrête, court et vole,
Belle, franche et légère, amante des lutins ;
Et puis de l'empyrée, ainsi qu'une auréole,
Sous l'aile des zéphyrs volent les séraphins !

Regrets

Je prends un doux baiser sur ta bouche vermeille,
Parmi toutes les fleurs dans les prés verdoyants.
Sois toute à moi, Norma, Norma, ma toute-belle,
Je sens renaître en moi l'ardeur de mes vingt ans !

Sommeille, douce enfant, dans un nuage rose,
Ton esprit égaré va se ressaisissant.
Dans un rêve doré, ta bouche demi-close
Murmure un nom chéri, mais qui fut inconstant.

Il disait bien m'aimer, et pourtant l'infidèle
Cherchait à me tromper, en me jurant sa foi :
Me disant chaque jour : « Norma, ma toute-belle,
Combien je suis heureux quand je suis près de toi ! »

Et moi qui le croyais, combien j'étais heureuse !
Je l'aimais tant, mon Dieu ! il avait mon amour.
Pour lui j'aurais donné tout mon être, ô rieuse...
L'idylle ne dura que l'espace d'un jour.

Puis il partit, un soir, pour la côte africaine,
Me laissant seule, hélas ! avec mes souvenirs...

Il a tout'emporté dans sa course lointaine,
Ma vie et mon bonheur, ma joie et mes soupirs !

Mon Dieu ! pardonne-moi mon excès de tendresse,
J'étais folle et j'aimais pour la première fois.
Tout en moi tressaillait sous sa douce caresse,
Quand nous étions assis à l'ombre des grands bois.

Sur la toile j'avais de sa tête charmante
Reproduit tous les traits. Quel enivrant tableau !
J'étais auprès de lui, amoureuse bacchante,
Savourant le bonheur que traçait mon pinceau !

Aujourd'hni, tout est mort, tout, même l'espérance.
Je ne le verrai plus ; et pourtant je l'aimais !
Le désert se déroule avec son sable immense.
Ainsi Dieu l'a voulu ; hélas ! je l'oubliais !

Félicités

Depuis longtemps déjà mon premier jour a lui,
Me laissant, tout enfant, jouer, pleurer et rire,
Heureux et sans souci, sans peine et sans ennui,
Mon cœur en a frémi, il est tout en délire.

Il est tout torturé, peut-être est-ce d'amour ?
Il bat, il bat bien fort, mais il ne sait encore
Ce qu'il éprouve, hélas ! Mais il attend toujours
Le superbe lever d'une brillante aurore.

Quand viendront-ils enfin, ces jours trois fois. bénis
Où deux cœurs bien aimants se le diront sans cesse,
Quand, palpitants d'amour, tous les deux sont unis
Dans le brûlant baiser d'une douce caresse ?

Sois discret

~~~~~~

Oh ! ne le dis jamais ! ne dis pas qu'elle est belle !
Crois-moi, ne le dis pas, ou redoute un malheur !
Non, non, ne le dis pas, ne dis pas, car c'est elle
Qui doit le proclamer, divulguer ton bonheur.

Oh ! ne le dis jamais, ne le dis à personne
Ce beau nom si charmant, si doux à prononcer ;
Si elle se doutait que parfois on la nomme,
Tu la verrais, mon cher, alors, te menacer.

Oh ! ne le dis jamais, non, pas même à ta mère,
Ni aux feuilles des bois, ni à ce beau ciel bleu,
A l'hirondelle, enfin, sublime messagère.
Conserve-le pour toi, ne le dis pas à Dieu !

L'eau parle trop, ami, dans son charmant murmure ;
Sur la branche l'oiseau parfois est trop moqueur,
Sous les bosquets, la fleur n'est pas même assez sûre.
Garde ce nom chéri tout au fond de ton cœur !

~~~~~~~~~~~~

Coryza

~~~~~~

C'est le rhume qui me dévore,
Et ça pour avoir bu de l'eau.
Mon vieux copain, mon cher Andore,
Je crois bien qu'il aura ma peau !

— Mais, voyons, calme-toi, ma chère,
Nous parviendrons à te guérir ;
Et comme autrefois chez ta mère,
Nous pourrons boire, aimer, dormir !

<hr />

La Bouquetière

C'était, dans son ensemble, une blonde adorable,
Jeune et pleine d'entrain, avec de jolis yeux,
Au sourire agaçant, qui, d'une voix aimable,
Disait : « Allons, Messieurs, faites donc des heureux ! »

Tout en la regardant, il me vint le caprice
De posséder aussi un tout petit bouquet.
Je m'approchai alors près de la séductrice
Au corsage enivrant, brillant et bien coquet.

Puis je touchai les fleurs en fouillant dans ma poche,
Afin d'en retirer quelques pièces d'argent.
Grand Dieu ! je m'aperçus, oh ! terrible anicroche,
Que mon porte-monnaie, hélas ! était absent.

Je retirai ma main en faisant triste mine,
J'étais anéanti et, ma foi, fort vexé.
D'autant plus que toujours ma charmante voisine
D'un timide regard m'avait longtemps fixé.

J'allais me retirer tout confus, pauvre artiste,
Quand prenant dans ses doigts un bouquet, le plus beau,
Elle me dit : « Tenez, mon cher monsieur Baptiste,
Prenez, Monsieur, prenez, je vous en fais cadeau ! »

Rêveries

Dans la douce langueur de nos beaux soirs d'été,
A cette heure bénie où chaque bruit s'apaise,
J'aime à rêver, mignonne, à ta douce beauté,
J'aime à te voir aussi, le soir, cueillir la fraise.

Sais-tu, je suis jaloux de cette rose thé
Que tu viens respirer et que ta main caresse ;
Je suis jaloux, vois-tu, de l'amoureux baisé
Que tu lui donnes, hélas ! l'entourant de tendresse.

Femme, je te voudrais toujours à mon côté,
Pour pouvoir te parler, t'admirer à mon aise,
En te disant « Je t'aime » avec sincérité,
En te faisant toucher mon petit cœur de braise !

L'arrivée au Port

D'où viens-tu ? dis-le moi. — Je reviens de la guerre,
J'ai chevauché partout, depuis plus de trente ans,
Allant de l'ouest à l'est, j'ai vu toute la terre,
Du nord jusqu'au midi, toujours tambours battants.

La mort me poursuivait, prenait toutes les formes,
Afin de me frapper, mais c'était bien en vain.
Je narguais la camarde et les canons énormes,
Je narguais tout, mon cher, et la soif et la faim.

J'ai vu le choléra, le chaud, le froid, la peste,
Le vomito-negro qui tue en vous tordant.
J'ai vu le ciel en feu, et la mer et le reste ;
Et je suis près de toi, aujourd'hui, te parlant.

Cela te fait songer, mon pauvre camarade,
A ce bel âge heureux !... Enfin, je suis au port !
Morbleu ! Le même soir, Pierre tomba malade ;
Et puis, le lendemain, le colosse était mort !...

Le Grand-Tout

Savants, répondez-moi, savants à face blème,
Qui passez votre vie à résoudre un problème,
Qui prétendez créer, faites un papillon.
Quand le brillant soleil, là-bas, sur la montagne,
Se lève éblouissant, éclairant la campagne,
Vous ne pouvez pas même en distraire un rayon !

Oui, toujours vous marchez suivant la même piste,
Vous niez Dieu, Messieurs, en disant : Il n'existe
Que dans le mysticisme et l'adoration !...
Eh bien, nobles savants, vous tous, tant que vous êtes,
Qui donc inspire alors le peintre et les poètes
Et donne à leurs beaux vers la chaste passion ?

Des étoiles, là-haut, en savez-vous le nombre ?
Savez-vous qui sortit tout l'univers de l'ombre,
Qui fit les êtres humains, les tira du néant ?
Qui plaça dans le ciel, au milieu de l'espace,
Ce globe étincelant, à lumineuse face,
Qui transforme le monde en un flambeau géant ?

Allons, répondez-moi, dites comment se nomme
Ce sublime faiseur, ce penseur, ce grand homme,
Qui d'un seul mot créa le monde en un moment ;
Et pouvez-vous me dire, enfin, ce qui se passe
En haut, en bas, chez tous les peuples de l'espace ?
Non, vous ne pouvez pas toucher au firmament !

Voyons, Messieurs, j'attends, faites-moi donc connaître
Celui que vous niez, qui nous a tous fait naître,
Qui créa le volcan et qui le fit mugir,
Qui permit au Vésuve, à sa cendre, à ses laves,
De semer la terreur !... Allons, Messieurs les braves,
En travaillant beaucoup, saurez-vous réagir ?

Et puis contre la mer toujours envahissante,
Si elle allait un jour, affolée et puissante,
Brisant ses fiers remparts, s'élançant tout à coup,
Ainsi que l'ouragan qui soudain se déchaîne,
Passant comme la foudre et renversant un chêne,
Eh bien, pourriez-vous le recréer debout ?

Non ! Non ! Vous qui bravez toujours un saint mystère,
Vous tous qui m'écoutez, vous, savants de la terre,
Vous tous qui chaque jour niez Dieu sans remords,
Sachez-le, la terreur entrera dans vos âmes ;
Vous tremblerez alors, comme de simples femmes,
Au nom du Dieu vivant, devant l'affreuse mort !..

La Liberté

Joli petit oiseau dont la charmante voix
Retentit chaque jour parmi les blancs buissons,
Pourquoi courir ainsi, autour de cette croix,
A travers les grands bois, les champs et les chardons ?

Es-tu, petit coureur, ainsi que l'hirondelle,
Insouciant, bavard, polisson et menteur?
Ou bien viens-tu ici, jusque vers la chapelle,
Egayer mon ennui et me porter bonheur?

— Non, non, me dit l'oiseau, chaque jour on me gronde ;
J'ai fui de mon berceau, ivre de volupté.
Ami, ainsi que toi, je cherche en ce bas monde
Le pur et vrai bonheur, l'amour, la liberté !

Le vrai Bonheur

Pour trouver le bonheur, chimère insaisissable,
J'ai fait le tour du monde et les monts j'ai gravi ;
Souvent j'ai cru l'avoir : mensonge, erreur et fable,
J'ai tendu les deux mains, il m'a été ravi.

Vous m'avez vu chercher, ô régions sublimes,
Insondables forêts, gouffres noirs et béants,
Océans éternels roulant sur des abîmes,
Longs déserts sablonneux, monts altiers et géants !

Mortel infatigable essayant toutes choses,
J'ai demandé la joie au travail, à l'amour,
Au délire de l'art, vaste horizon de roses,
Aux succès... Vanité ! tout s'envole en un jour...

Mais quelle est cette voix qui frappe mon oreille ?
— Lève les yeux au ciel. Espère ! il est un Dieu !
Et j'aperçois là-haut une clarté vermeille,
Me montrant le bonheur au delà du ciel bleu !

Heureux Retour

Lorsqu'après bien des jours passés dans la souffrance,
L'astre de ton amour m'eut rouvert mon beau ciel,
Je sentis en mon cœur renaître l'espérance :
Il me semblait nager dans un rayon de miel.

Je te dois le réveil de mon âme meurtrie,
Car, éloigné de toi et toujours dans les larmes,
Je te dois le bonheur de savourer la vie,
Sous le feu de tes yeux, sous l'éclat de tes charmes.

Femme, tu m'as rendu la joie et le bonheur,
Tu m'as rendu l'espoir et la force, oh! ma reine!
Et moi, je t'ai donné mon amour et mon cœur,
Je suis allé vers toi, ma belle souveraine!

Oh! quelle que soit par toi la route un jour suivie,
Je t'aimerai quand même, et malgré toute haine
Je te suivrai partout; je te donne ma vie.
Tu seras tout pour moi, ineffable sirène.

Extase d'Amour

Avant

Un bonheur délirant agitait nos poitrines,
Savourant doucement les voluptés divines,
Eperdus, pleins d'amour, haletants, enivrés.
Je contemplais, ravi, nos rayonnants visages,

Croyant nous retrouver après de longs voyages ;
Car sur nos traits de feu les ans avaient passé.

Nous brûlions tous deux, hélas ! de mêmes fièvres,
Et nous ne pouvions désunir nos deux lèvres,
Alors nous asseyant, brisés d'émotion,
Le plaisir et l'amour envahissaient nos âmes,
Embrasés tous les deux par les célestes flammes.
Je mourais de bonheur dans l'adoration !

Dans l'instant que durait cette sainte caresse,
Mon front se dilatait sous le front qui le presse,
Pensant qu'il était double. Oh, rêve ! il me semblait
Que je prenais son âme en lui donnant la mienne
Et que les mélangeant, vapeur aérienne,
Elles montaient au ciel, où Dieu les appelait.

Les bras noués au corps bien longtemps nous restâmes,
Savourant du bonheur les amoureuses flammes,
Tremblants nous unissant, et tremblants nous taisant,
Nous redisant ce mot, jamais fini : je t'aime !...
Puis, dans un long soupir, ineffable poème,
J'admirais de son corps le contour enivrant.

Oh ! doux ravissement, quelle ivresse suprême,
Quand on a dans les bras la femme que l'on aime ;
On y puise son souffle, on veut s'y reposer.
Puis, la lèvre rivée à ces lèvres de flamme,
Comme l'âme attachée aux chaînons d'une autre âme,
Par le feu dévorant d'un enivrant baiser !

Mon Dieu, verse sur nous ton extase et contemple
Comme nous nous aimons, à genoux dans ton temple ;
Nos cœurs entrelacés ne peuvent s'aimer mieux !
Ma lèvre qui t'implore à l'autre lèvre tremble ;
Pourquoi les séparer ?... Ah ! fais-les vivre ensemble.
Dieu de paix et d'amour, fais-les revivre aux cieux !

Extase d'Amour

~~~~~~

Après

N'ayant pour témoigner de notre extase intime
Que l'homme-Dieu martyr, supplicié sublime,
Et qui nous souriait dans son céleste amour,
Nous nous enlacions comme un lierre au chêne,
Ainsi que le captif au cordon qui l'enchaîne
Aux murs de sa prison, terrible et froid séjour !

Sa gorge éblouissante, en frôlant mon visage,
S'échappait doucement des plis de son corsage
Et, semblable à l'albâtre, en un beau cercle d'or,
Donnait aux yeux voilés, aux paupières alanguies,
Un long regard d'amour ; leur tendresse infinie
M'inondait de bonheur ! Oh ! sublime trésor !...

Le jour avait baissé, le pâle crépuscule
Obscurcissait le feu du soleil qui recule.
Sur le canapé sombre où nous étions assis,
Nos regards se croisaient, ainsi que les étoiles
Flamboyantes la nuit, et sous leurs sombres voiles,
Nous nous endormions, rêvant au paradis !

Nous ne savions pas pourquoi nos yeux candides
Eclairaient nos deux fronts, nos visages splendides,
Autour de nos deux cœurs nous suivant pas à pas,
Quand d'un élan soudain, enfiévrés de nous-mêmes,
Nous demandant tous deux : « Est-ce vrai que tu m'aimes? »
Et nous répondions : « Hélas ! je ne sais pas ! »

Puis, se penchant sur moi, superbe, jeune et belle,
Charmante et pure enfant, la chaste pastourelle

S'abreuvait lentement au philtre de l'amour.
Eperdu, je pressais sa taille peu farouche,
J'appuyais, frissonnant, ma bouche sur sa bouche,
Ainsi que deux amants au céleste séjour.

Quand nous nous relevâmes, à la nuit descendue,
En regardant le christ, maintenant éperdue,
L'enfant joignit les mains avec solennité.
Elle dit : « Oh! Jésus! Tu veux les hommes frères,
Qu'à tes pieds ils renoncent aux ignobles colères
Et qu'ils s'aiment entre eux, toi qui les a aimés! »

Me répondras-tu ?

Tu te souviens, suivant notre ancienne coutume,
Je t'écris aujourd'hui. Quand me répondras-tu ?
Tu te souviens, ami, quand tu prenais la plume,
Tu paraissais joyeux, ton cœur était ému !

Tu me peignais ta joie et ta tendresse immense,
Tu me parlais aussi de notre tendre amour,
Et moi je répondais, disant, malgré l'absence :
Ce que je t'ai juré, je le pense en ce jour !

Mon âme à ce moment s'alliait à ton âme,
Et dans ce doux instant, duo d'amour béni,
Rien ne pouvait éteindre, affaïblir notre flamme,
Et rien, tu le sais bien, n'attristait notre nid !

Je croyais que la joie ou même la souffrance
Nous unissait tous deux d'un lien sûr et fort.
En toi je ne voyais que bonheur, espérance ;
Je croyais à l'amour, sans penser à la mort.

Mais le temps, tu le sais, est sans repos ni trêve ;
Il s'écoule toujours et ne revient jamais.
Mon Dien ! il m'a tout pris. Ah ! c'était un beau rêve,
J'espérais, j'étais tolle, et pourtant je t'aimais !

Autrefois, tu le sais, en tenant une plume
Nous avions tous deux toujours le cœur ému.
Tu le vois, j'ai suivi notre ancienne coutume,
Je t'écris, mon bon Pierre. Ah ! me répondras-tu ?

Ma Chambrette

Oh ! non, pas de palais ; ma coquette chambrette,
Avec un gai papier et des beaux moineaux francs,
Une large fenêtre, avec des rideaux blancs,
Un tout petit logis, un logis de poète ;

Et puis dans le grenier, sous les poutres du toit,
Pourquoi n'aurais-je pas un beau nid d'hirondelle ?
Que j'aimerais son chant et le bruit de son aile
Battant l'air le matin, parcourant les grands bois !

J'aurais toujours des fleurs placées sur mes fenêtres,
Le jour quand les rayons d'un bon et gai soleil
Traceraient sur les murs un chaud sentier vermeil
Où je verrais voler d'infinis petits êtres.

Vivre seul, je le sais, est peut-être un peu dur,
Dans mon petit réduit, quand j'écrirais mes rimes,
Mon chat, tout en dormant, songerait à ses crimes
Et dans un cauchemar s'élancerait au mur.

D'un grand feu de sapin je sentirais la flamme,
Si le ciel d'un beau bleu se retournait au gris.

J'aime les doux zéphyrs... Toujours les vents coulis
Apportent des frissons et l'ennui dans mon âme.

Que je serais heureux, ayant chaud en hiver,
Si j'avais chaque soir en main un nouveau livre ;
Quand le ciel est neigeux, les toits tout blancs de givre,
D'entendre pétiller et geindre le bois vert !

Le Printemps

C'est lui, le beau printemps, la jeunesse éternelle,
Qui revient chaque hiver sourire à mes vingt ans,
C'est bien lui, on entend son doux battement d'aile,
Et le bois rajeuni s'emplit de nids chantants.

Je te salue, vallon, ruisseau à l'onde pure,
Tu fus pendant longtemps esclave des hivers,
J'aime le clapotis de ton joyeux murmure,
S'épanchant doucement le long des arbres verts.

Salut à toi, Soleil ! La radieuse aurore
Va semant dans l'azur les parfums, les couleurs ;
Dans les champs reverdis il fait naître et éclore
Un véritable essaim de feuillage et de fleurs.

Il va, le beau printemps, essuyer bien des larmes,
Souvent de tous les maux il reste le vainqueur ;
Il a des troubles exquis, des amours pleins de charmes
Qui font à chaque instant battre et bondir le cœur.

On pourrait croire alors qu'en traversant l'espace,
En volant faiblement sur l'aile des zéphyrs,

Qu'un bruit mystérieux comme un baiser qui passe,
Emportant avec lui de douloureux soupirs.

Je t'aime ! Oh ! oui, je t'aime, a dit au Ciel la Terre,
Je t'aime ! tu le sais, a redit l'ombre au jour,
Je t'aimerai toujours, et sans aucun mystère,
Salut ! divin plaisir ; salut ! concert d'amour !

Je m'étais recueilli, il me semblait entendre
Comme une faible plainte, un écho de bonheur,
Qui près de moi disait d'une voix douce et tendre :
« Je t'aime ! tu le sais, je te donne mon cœur !!! »

Le Calvaire

Chaque matin je veux bien, pimpante et coquette,
De ma muse oublier le sombre désespoir ;
Je veux aller t'offrir un bouquet pour ta fête
Et couronner ta tête et ton beau front d'ivoir.

Alors, se relevant, l'aimable moissonneuse,
Les deux bras arrondis sous le pliant fardeau,
Revenait en riant, chantant, toute joyeuse,
Apportant à son père un gracieux cadeau.

Quand soudain, au détour de la première route,
Une croix de granit apparaît à ses yeux ;
Sur ce noble gibet, l'erreur, le sombre doute
Crucifiaient Jésus, Jésus le roi des cieux !

Promeneurs peu croyants à la stupide haine
Se montraient en riant la croix... Ah ! quel affront !

Devant l'ingratitude et la bêtise humaine,
L'homme-Dieu, plein d'amour, baissait son divin front !

Il n'y avait autour de ce nouveau calvaire
Que l'herbe jaune et sèche et sans la moindre fleur.
Hélas ! que c'était triste ! Ecoute-moi, mon père,
Ma muse s'envola en pleurant de douleur !

Enfin, pour consoler Jésus, le divin Maître,
Pour lui faire oublier l'injure des méchants,
Près de la croix on vit la moissonneuse mettre
Un bouquet de lilas, d'œillets, de fleurs des champs !

Sacrifice

Tu l'as donc accompli ce rude sacrifice,
Et le mal qui te mine après dix ans d'effort,
De peine et de travail, oh ! valeureuse Alice,
T'a renversée soudain, prête à toucher au port !

Oui, la tâche était dure. Oh ! volonté puissante !
Sans compter tu donnais ton travail et ton cœur.
Toujours avec entrain, douce, digne et vaillante,
Sacrifiant à tous ta gaîté, ton bonheur.

Dédaignant le repos, chaque jour sur la brèche,
Heureuse, vive, alerte, en te multipliant,
Toujours la même humeur, ni sombre ni revêche,
Enfant, tu donnais tout ton être en souriant.

Avec la même ardeur, oh ! douce quiétude !
Tu chantais doucement un refrain chaque soir,

Tu oubliais aussi la noire ingratitude,
Et dans ton cœur joyeux venait naître l'espoir.

Tu connais, aujourd'hui, ce que valent les choses,
Promesses et serments dont on te saturait ;
Ce n'était, crois-le bien, que des feuilles de roses
Qui s'épandaient sur toi, que le vent pourchassait.

Allons, ressaisis-toi, deviens forte et sois bonne,
Le malheur cessera de te meurtrir le cœur ;
Enfant, reviens à toi ; tu le sais bien, mignonne,
Sur la terre il n'est pas de pur et vrai bonheur.

Le Sultan

Allons, parfumez-moi, sur le trône où je songe,
Etendez sous mes pieds tous ces riches tapis,
Puis couronnez mon front, que la volupté ronge,
De feuilles de lauriers, d'œillets roses et d'iris.
Esclaves, amenez-moi la jeune courtisane,
La blonde aux cheveux d'or, au sein dur et puissant,
Sans oublier la brune, aux gestes de sultane,
Aux yeux voluptueux, au rire provocant.

Esclaves, sachez-le, je fais trembler le monde,
Car je suis Soliman, le puissant damoiseau.
Mes vaisseaux vont au loin, ils sont les rois de l'onde,
Et tous mes ennemis descendent au tombeau !
Il me faut du plaisir, du rire et de la joie ;
Je veux de l'or, du sang, des femmes et des pleurs :
Tout cela est mon bien, et j'en ai fait ma proie !
Je veux le bleu d'azur qui partage les nues,

Je veux dans mon palais des femmes presque nues !
Je veux le paradis, je veux tous les bonheurs !...

Je suis des musulmans le Dieu ; voyez mes gardes,
Debout, dans ces jardins, rangés autour de moi.
Allons, peuple à genoux, toi qui toujours regarde,
Courbe la tête, adore et ton maître et ton roi ! ! !
Car je suis Soliman, je suis le maître heureux ;
Je veux des nudités aux lèvres frémissantes,
Puis des virginités, douces, belles et tremblantes,
Des bacchantes en orgie et des filles et des jeux,
Du vin et du plaisir ; tout cela, je le veux !

~~~~~~~~~~

Le Drapeau

~~~~~

Tout le sang répandu ranime l'espérance.
Salut ! noble drapeau ! Chacun, quand il faudra,
D'un noble élan criera, debout : « Vive la France ! »
Oh ! oui, chacun de nous vaillamment répondra,
En valeureux Français, pour sauver la Patrie ;
Marchons, puisque l'honneur nous en est départi !
A la France offrons tous notre amour, notre vie.
Fiers, invicibles et forts, ne formons qu'un parti !

Le drapeau tricolore est un sublime emblème,
Puisqu'il est l'union de trois nobles couleurs.
Il électrise et donne à tous l'ardeur suprême,
Car en nous ralliant il fait bondir nos cœurs.
Le bleu, c'est l'azuré, c'est le ciel sans nuage,
C'est l'éther au fond noir, où s'envole l'oiseau,
C'est la mer calme et belle, inquiète et volage,
A la vague mutine entr'ouvrant un tombeau !

5

Car ainsi que l'oiseau qui vole dans l'espace,
Qui plane dans l'azur, rien ne peut l'arrêter.
Il monte, il monte encor, sans craindre la menace
Du tyran oppresseur de l'humbre liberté !

Le blanc, sachez-le bien, nous rappelle le lange
Qui nous enveloppa, nous couvrit au berceau,
Et qu'à la mort un jour chacun de nous échange
Pour couvrir le cercueil, le suaire au tombeau !
Puis dans la même terre où chacun se retrouve,
Où tout est confondu, richesse et pauvreté.
Dans le champ du repos, c'est là que tout se prouve,
C'est là que règne enfin la juste égalité !

Le rouge, citoyens, est la teinte vermeille
Du sang qu'il nous faudra peut-être un jour verser.
Généreux, noble et grand, le Français se réveille
Quand notre chère France est proche du danger.
C'est la chaude couleur qui brûle et cicatrise
Les affreuses douleurs de notre humanité ;
Car son ardent éclat couronne et symbolise
L'honneur et l'amour pur de la Fraternité !

France, mon beau pays, ah ! gravons ta devise
Non sur nos monuments, gravons-la dans nos cœurs ;
Que la discorde, enfin, jamais ne nous divise ;
L'union, citoyens, peut nous rendre vainqueurs.
Oui, que chacun de nous plane dans l'atmosphère,
Gardant son nom, son rang et puis suivant ses goûts.
Puisque nous sommes tous enfants de même mère,
Plus de vaines disputes, en bons frères aimons-nous !

Sublime Nature

Ah ! que j'aime à rêver assis dessous un saule,
Au revers d'un fossé, près d'un petit ruisseau ;
Quand la lune est au ciel, par-dessus mon épaule,
Eclairant la campagne ainsi que le hameau.

Puis, quand la nuit arrive, en se glissant sur l'herbe,
Me voilant mon beau ciel, nuage vaporeux,
Je crois voir se dresser, mystérieux, superbe,
Sur le bord du sentier, un couple d'amoureux.

Quand je suis seul ainsi, assis sous cet ombrage,
J'aime à songer encore, en rêvant au bonheur,
J'aime à me recueillir, méditant une page
De ce vaste univers, livre du Créateur.

Silence harmonieux ; Nature, en paix sommeille,
J'entends le hibou gris qui seul a pris son vol ;
Et là, tout près de moi, dans le buisson s'éveille
Le ténor de nos bois, gai chanteur rossignol.

Salut, joyeux grillon, toi qui parles en cadence,
Egrène tes chansons, refrains les plus charmants.
J'entends aussi les bœufs qui troublent le silence
Et font entendre au loin de longs mugissements.

C'est l'aube qui revient, j'entends un doux murmure.
Quel suave concert, bruit de chants et de pleurs !
Je perçois un soupir, songe de la nature :
Flore est là, sommeillant, couchée avec les fleurs.

Le Crépuscule

La nuit descend soudain, flotte sur les collines,
Le pâle crépuscule envahit l'horizon
Et doucement répand ses blanches mousselines
Aux branches effeuillées du chêne et du buisson.

La Nuit belle et sereine enveloppe l'espace,
Elle vole, emportée sur les ailes du Temps,
Son char étincelant soulève, quand il passe,
Des milliers de rubis aux astres éclatants.

Mais voici l'heure, enfant, de la sainte prière ;
Demandons tous à Dieu amour, paix et bonheur ;
Et puis à deux genoux, courbés dans la poussière,
Implorons le Très-Haut, prions avec ferveur.

Fidèle ami du jour, magnifique étincelle,
Beau rayon de soleil, ardent, humide et doux ;
Mais doucement Vénus pâlit, décroît, chancelle
Et disparaît parmi les feux du ciel jaloux !

Grenade

Manola, mon bel ange, oh ! fille de Grenade,
Sous ton joli balcon, chaque soir, oui, je veux
Te chanter un refrain dans une sérénade,
En te disant : « Je t'aime ! » en de brûlants aveux.

Enfant, ne sais-tu pas que mon cœur et mon âme
Se sont épris tous deux de ton œil vif et noir,

Ton œil fascinateur, dont le regard de flamme
Ferait pâlir l'éclat des étoiles du soir?

Je veux te dire aussi que ma fiévreuse bouche
Sur la tienne, démon, veut aussi se poser,
Que j'en ai le désir, mais un désir farouche,
Enchaînant nos deux cœurs avec un long baiser!

Dis-moi ce que tu veux, car je suis ton esclave,
Je veux te plaire, enfant, dis-moi, que te faut-il?
Faut-il que mon poignard perfore et que je grave
Quelques traits d'incarnat sur un front d'alguazil?

Ou bien préfères-tu bijoux, or et parures?
Dis-moi, que te faut-il? Si tu veux un collier
Enrichi de rubis, de belles ciselures?
Et j'irai rançonner orfèvre et joaillier.

Manola! par pitié, oh! ne sois point méchante,
Daigne m'entendre encore, écoute donc ma voix,
Qui chaque soir en vain sous ta fenêtre chante,
En te donnant mon cœur et mon âme à la fois!

Chaque soir, belle enfant, si ta porte m'est close,
Ma chère Manola, hélas! oui, je le sais,
C'est qu'un beau cavalier au pourpoint vert et rose
Te chante une chanson d'amour avec succès!

~~~~~~~~~

Ma Frégate

~~~~~

Regarde, la vois-tu, là-bas, sur les flots bleus?
C'est ma belle frégate aux larges et blanches voiles;
Sa carène est de fer, elle allume ses feux,
Sa poupe se balance et se mire aux étoiles.

Partons, viens avec moi, oh! viens! ma belle Elvire,
Chère enfant, ne crains rien; je suis roi de la mer.
Entends-tu, près de nous, la brise qui soupire
Et qui va caresser les flots de l'onde amère?

Regarde mon vaisseau, vois comme il se balance
Sur le vaste Océan, dont seul je suis le roi!
Nous bravons tous les deux des vents la violence.
Je suis à tes genoux; partons, viens avec moi!

Chasse ta crainte, enfant, ma douce bien-aimée,
Je te le jure ici, je comblerai tes vœux.
Là-bas, sur les flots bleus, la brise parfumée
Caressera ton front ainsi que tes cheveux.
Ne m'abandonne pas! Je t'aime! ô mon Elvire!
Je te le dis encore, de la mer je suis roi!
Nous chanterons tous deux aux accords de ma lyre.
La barque nous attend, je t'emmène avec moi.

Mon vaisseau est là-bas, frégate aux blanches voiles,
Il se tient sous le vent. Comme il paraît joyeux!
Il est calme et coquet, le soir, sous les étoiles;
Il semble se mirer dans l'azur de tes yeux.
Non, ne me chasse pas, belle fille des grèves,
Charmante fleur du soir, riante, au teint vermeil;
La brise soufflera, excitera tes rêves,
La vague bercera toujours ton doux sommeil!

Viens, et nous voguerons tous deux sur mon navire,
Où l'on entend toujours le flot rire ou jaser.
Puis je viendrai vers toi, chère enfant, mon Elvire,
Fermer tes jolis yeux par le plus doux baiser.
Mon bras protégera ta belle et noble tête.
Quand les flots en courroux entreront en fureur,
Quand du vent déchaîné grondera la tempête,
Je serai près de toi, te pressant sur mon cœur!

Le Soir

Entends-tu le coucou, mignonne?
Dis-moi, n'entends-tu pas sa voix?
L'hiver, enfin, nous abandonne;
Les fleurs renaissent dans les bois.

L'aquilon a quitté la plaine,
Limpide est venu l'horizon,
Et du zéphyr la douce haleine
Des prés caresse le gazon.

La rivière n'est plus glacée
Et son eau coule en se jouant;
Partout la tristesse est passée,
Tout est à la joie à présent.

Ah! si nos cœurs étaient de même,
En bannissant le noir souci,
Je te dirais : « Norma, je l'aime ! »
Tu répondrais : « Et moi aussi ! »

Le Grand-Père

Que vous êtes heureux, grand-père !
Vos enfants sont beaux, gracieux,
Ils sont gentils, malicieux ;
A leurs désirs vous voulez plaire.

Il est si doux, votre grand-père !
Ses conseils sont bons, sérieux ;
Vous n'êtes que des paresseux ;
Il vous aime, en vous il espère.

Enfants, n'allez pas au hasard,
Pour vous son amour est extrême ;
Ses avis sont sages même,
Obéissez bien au vieillard !

L'Ouvrière

Sur son travail toujours penchée
Et pour en augmenter le gain.
Minuit ! Rose n'est pas couchée,
Son sommeil achète son pain.

Pauvrette à la glèbe attachée,
Aujourd'hui fait vivre demain.
Tu sais le prix d'une bouchée,
Jeûne, quand s'arrête ta main.

Tu sais aussi que dans la vie
Plus d'une a vendu son honneur,
Croyant que la route suivie
Lui donnerait le vrai bonheur !

Rose, dans ton cœur d'ouvrière
Ne rit jamais de l'avenir,
Repousse le honteux salaire.
Enfant, il vaudrait mieux mourir !

L'Oasis

Ici, sous le ciel bleu où jamais le vent passe,
Le superbe palmier s'endort silencieux...
De ses yeux inquiets interrogeant l'espace,
Le joyeux chamelier, debout, veille anxieux.
Puis là-bas, sous la tente où l'émir se repose,
Ayant l'yatagan pour unique oreiller.
Il peut continuer un tendre songe rose,
Car il pense à l'amour et préfère veiller.

Soudain de l'oasis un faible bruit s'élève,
Un chant mystique et pur, hymne mystérieux ;
C'est un charmant murmure, il est doux comme un rêve ;
Il effleure la terre et se perd dans les cieux...
Les étoiles, là-haut, paraissent attentives ;
Les verts palmiers en fleurs semblent aussi frémir.
C'est comme un chant d'amour et dont la voix plaintive
Vient troubler le silence en un tendre soupir.

Manola, entends-tu ? Dans cette immense plaine
Ecoute cette voix qui pleure et qui gémit...
C'est la voix du simoun à la perfide haleine
Qui vient troubler mon rêve en cette belle nuit.
Hélas ! ne tremble pas, Manola, mon idole !
Viens ici, près de moi, et plions les genoux,
Car l'amour, tu le sais, seul rassure et console.
Allah, le grand Allah du ciel veille sur nous !

Le silence renaît, la voix vague et lointaine
Retombe inerte et calme en cette immensité.
Cette paisible nuit, douce, belle et sereine,
Etend sous le ciel noir son rayon argenté.
Oh ! viens auprès de moi. La puissante nature
Reste muette enfin. Que le zéphyr est doux !

Et la reine des fleurs, Flore, à peine murmure,
Pour te bercer, enfant, dormant sur mes genoux !

Belle fleur du désert ! ma divine sultane !
Reine ! toi, dont l'amour a comblé mon bonheur !
Viens, et tous deux assis près de ce vert platane,
Manola, viens rêver, viens dormir sur mon cœur !

Le Bouquet

Le beau Lucas s'en fut un soir, dans la vallée,
Chercher pour sa Claudine un superbe bouquet.
Là il cueillit la rose et la fleur étoilée,
Puis la jaune jonquille ainsi que le muguet.

Il y joignit encor l'adorable asphodèle,
Qu'il unit savamment au beau buis odorant ;
Croyant faire un plaisir à sa charmante belle,
Par ce cadeau fleuri, suave et séduisant.

Il ajouta aussi quelques fleurs aux tons roses.
Boutons d'or, liserons, rouges coquelicots,
Fleurettes du matin toutes fraîches écloses ;
Et chantant doucement il redit aux échos :

« Ah ! le joli bouquet ! Qu'elle sera heureuse,
Ma Claudine aux beaux yeux ! Je vais, dans un moment,
La revoir, lui parler, et d'une voix joyeuse
Elle me sourira bien amoureusement. »

Puis vers elle aussitôt, souriant, il chemine ;
La belle enfant s'avance, elle paraît songer...
« Ah ! j'aurais préféré, dit la belle Claudine,
A ces charmantes fleurs un bouquet d'oranger ! »

Le Poète

Austère promeneur, passant qui la nuit doute,
Ne reconnaissant plus et cherchant son chemin,
Qui chaque instant s'arrête et regarde la route,
Semblant chercher encor, cherchant toujours en vain.

Ton âme est donc ainsi, dis-moi, jeune poète ?
De l'univers, hélas ! elle semble douter
Et loin du monde entier, pensive elle s'arrête,
Elle s'arrête seule, alors, pour mieux rêver.

Voyons, dis-moi pourquoi, pourquoi fuis-tu sans cesse,
Désertant les sentiers, cherchant le vrai bonheur ?
Regarde autour de toi, ici c'est l'allégresse,
Chacun vient le matin t'apporter une fleur.

Me diras-tu pourquoi, le soir, lorsqu'on t'invite
A nos réunions, plaisirs, même à nos jeux,
Quand l'orchestre entraînant au bal, le cœur palpite,
Dis-moi pourquoi le tien, hélas ! n'est pas heureux ?

Alors, dis-moi pourquoi de ta jeune et belle âme
Ne voit-on pas l'éclair fendre l'air et jaillir ?
Pourquoi garder ainsi ta pure et noble flamme,
Qui se consume en toi et te fait tressaillir ?

Enfin, tu m'as compris, tu fais vibrer ta lyre,
Par des sons enivrants qui doivent nous charmer.
Si l'âme est le bonheur, la bouche est le sourire.
Poète, il appartient toujours au cœur d'aimer.

La Tempête

La vague moutonnant, houleuse elle déferle,
Couvrant les galets blancs d'une écume de perle,
Menaçant le récif qui ne peut se sécher.
La tempête rugit, la mouette est à l'aise,
Elle s'élance droit de la haute falaise ;
Narguant le vent, les flots, elle atteint le rocher.

Au large, en pleine mer, une barque de pêche,
Voyant venir le grain, gouverne et se dépêche ;
Elle cargue sa voile et met le cap au port.
Là-bas, chaque marin qui manœuvre et la monte,
Loup de mer endurci et que rien ne démonte,
Redouble de courage en un dernier effort.

Puis des milliers d'insectes arrivant et sans trêve,
Pareils à l'ouragan, envahissent la grève,
Obscurcissent le ciel, allant on ne sait où,
Tous vomis par l'orage et formant sur le sable
Une collection infinie, innombrable
De tous les embryons, du Maître, du Grand-Tout !

Et l'on ne voit partout que débris de coquille
Grisâtre, blanc et noir, rouge et jaune jonquille ;
Ce sont des restes d'êtres à jamais disparus !
Puis, près de ce rocher, coups d'estoc et de taille,
Des oursins ont laissé dans certaine bataille
Des ossements jaunis et leurs corsets ventrus !

La Fraise

~~~~~~~

C'était, je crois, par un beau matin de printemps ;
Je m'en allais joyeux, j'étais avec Thérèse ;
J'allais courir les bois et puis battre les champs,
Pour y cueillir des fleurs et la première fraise.

J'étais à l'âge heureux, un peu plus de vingt ans,
Et Thérèse venait, je crois, d'en avoir seize ;
Nous avions juré, ainsi que deux amants,
D'aller ensemble au bois, pour y cueillir la fraise.

Sous les bois reverdis, feuillages verdoyants,
Les églantiers étaient rouges comme une braise.
Avançant tous les deux et marchant à pas lents,
Nous voulions trouver cette première fraise.

Allant et furetant, cherchant de-ci de-là,
Lorsque, battant des mains, j'entendis ma Thérèse
Qui m'appelle et me dit : « Regarde, la voilà !
La voilà près de nous, notre première fraise. »

Puis, se baissant soudain, elle allait la cueillir,
C'était pour la croquer. « Oh ! que tu es mauvaise !
Tu veux manger ce fruit, hélas ! sans m'en offrir !
J'en prendrais bien ma part de cette belle fraise. »

Mais de mon cœur chagrin, Thérèse, apparemment,
Devinait sûrement le terrible malaise,
Car, s'approchant de moi et d'un geste charmant.
Me tendit galamment notre première fraise :

« Ecoute, mon Lucas, me dit-elle en riant,
Puisque tu es jaloux, il faut que je t'apaise ;
Mon ami, laisse-là ce grand air suppliant,
Viens dans mes bras, mangeons notre première fraise ! »

Partie de Campagne

A l'ombre d'un pommier, d'un beau pommier normand,
On avait déjeuné, assis en rond, sur l'herbe,
Puis on avait couru dans les prés... C'est charmant.
Sous le soleil en feu, le ciel était superbe.
En revenant; on prit pour fauteuil une gerbe,
Et puis chacun de nous s'installa mollement.

Enfin, l'une de nous, allant au chèvrefeuille,
Arrache avec vigueur les rameaux et les fleurs ;
Une autre, un peu plus loin, rit, pleure et se recueille
En poignants souvenirs, amours, soupirs, douleurs.
Je me disais alors : « Bonheur, fleurettes et pleurs ;
La vie ainsi s'écoule en plaisirs ou s'effeuille... »

Mais, hélas ! tout d'abord on s'était amusé,
Ensuite on rentre triste, abattu... Chose étrange !
Tout notre enthousiasme est vitement usé ;
Une grande fatigue est venue en échange ;
Et la campagne aussi en un moment se venge
Du bouillant citadin, enfin désabusé !

L'Hiver

Déjà le sombre hiver va sortir de sa tombe,
Car son triste linceul a blanchi le vallon ;
Puis les dernières fleurs, le feuillage qui tombe
Sont balayés au loin par le froid aquilon.

Ils se sont nichés là, dans le tronc des vieux saules,
Les corbeaux, les hiboux ; ils aiguisent leur bec.
Au bois, le bûcheron, sur ses larges épaules,
Emporte en sa demeure un fagot de bois sec.

Le charmant rossignol déserte l'aubépine,
Le merle et le coucou n'ont plus un seul rameau,
Et le petit moineau s'en va crier famine
Sur la route, devant les portes du hameau.

Le givre a tout blanchi, la froide et âpre bise
Souffle et, venant du nord, argente le chemin ;
Et puis, à l'horizon, voyez, la nue est grise :
C'est de la blanche neige et du froid pour demain.

Le Ruisseau

Tu sors, mon gai ruisseau, d'un val plein de verdure,
Tu arroses les prés bien magnifiquement,
Et l'on t'admire ainsi qu'un superbe ornement,
En la voyant couler, ton onde fraîche et pure.

D'abord bien galamment tu descends dans les bois,
Puis tu dis en passant un bonjour aux grands hêtres,
Et c'est en t'écoulant qu'à travers leurs fenêtres
Tu vois le gai soleil et le ciel bleu parfois.

Tu sors des blancs cailloux et des pierres parées,
Dont tu mets en émoi et en pleurs le velours ;
C'est dans la paix des champs et des bois d'alentours,
Que montent doucement tes chansons éthérées.

Enfin, bientôt, tu tombes entre d'étroits rochers,
Tu t'avances joyeux, mais aussi plein de rage ;
Et l'on perçoit les sons d'une clameur sauvage,
Qui sont, mon beau ruisseau, à ton onde arrachés.

Puis, tout fougueux, après les joyeuses cascades,
Après l'émoi, après le flot d'écume plein,
Te calmant et daignant quitter ton air malin,
Tu passes et tu souris à nos vertes arcades.

Alors on voit soudain ton onde s'éloignant
Passer sous les vieux ponts, tous parés de lierre ;
L'ombre des peupliers, du saule est familière
A ton eau pure et claire et calme maintenant.

Hélas ! il n'est pas long, ton superbe royaume ;
Un kilomètre ou deux, je le crois, tout au plus ;
Et quand de ton parcours les pas sont révolus,
Tu t'endors mollement dans le sein de la Drôme.

Le Siècle

Salut, siècle ! Tu fus l'universelle gloire,
Tu fus cher au progrès, tu avais la clarté.
Que ton nom est donc beau ! il est grand dans l'histoire,
Il est écrit au ciel de l'immortalité !

Tu es le livre immense et l'immense épopée !
Ton éclat est superbe, il n'eut pas son pareil :
Science et poésie, ainsi que lourde épée !
Vaste génie humain, salut, divin soleil !

Philosophie et art, de vous mon âme est pleine,
Je cherche en vain le luth qui pourrait vous chanter ;
Pour vous forger des vers, j'ai parcouru la plaine.
Salut, siècle savant, qui vis tout enfanter !

Vivat et gloire à toi ! Gloire à toi ! Tous les âges
Chanteront ta louange et béniront ton nom ;
Vaste phare éclairant le monde et ses rivages,
Tu seras notre gloire et notre Panthéon !

Glorieux Panthéon ! vives clartés sans bornes,
Soleil de l'avenir, tu marches sans arrêts !
Astre pur et brillant, vers les horizons mornes
Tu planeras toujours sur les plus hauts sommets !

Mon esprit, éclairé de ta pensée ardente,
Avait pris son essor, franchissant l'infini,
O siècle disparu, et tel qu'un nouveau Dante,
L'horizon du progrès m'avait tout ébloui !

Salut, rêve éternel ! Salut, labeur des âmes !
Salut à vous, penseurs, jet de l'esprit humain !

Flux et reflux d'amour. Salut, célestes flammes !
Versez-nous votre éclat éternel et divin !

Je vois l'humanité qui songe et qui soupire,
Cherchant dans le progrès le mot universel,
Le poète l'a dit, le chantant sur sa lyre,
Et son hymne joyeux nous entr'ouvre le ciel !

Madeleine

Déjà l'aurore de ses feux
Couvre les champs et puis la plaine.
Bonjour, petite Madeleine !
Je suis là, ouvrez donc les yeux !..
Le gai soleil qui étincelle
Caresse au loin les beaux blés d'or.
Madelon, vous dormez encor,
Réveillez-vous, ma toute-belle.

Hélas ! quand je suis loin de vous
Mon pauvre cœur cherche sans cesse
L'objet de sa douce tendresse :
De vous aimer paraît si doux !
Car je suis un autre moi-même
En voyant l'éclat de vos yeux,
Je suis plein de tendres aveux ;
Je viens vous dire : Je vous aime !

Madelon, de ma tendre ardeur
Adoucissez au moins la fièvre,
Que quelques mots de votre lèvre
Viennent au moins sécher mes pleurs.

J'ai le cœur tout plein d'espérance.
Je suis heureux, j'attends toujours.
Madelon, voilà de longs jours
Que j'aime et je souffre en silence !

Venez, cruelle, et dites-moi
Ce qu'il faut tenter pour vous plaire.
Ah ! je suis tout prêt à le faire,
Aux doux accents de votre voix ;
Venez et calmez mon ivresse,
Je vous aime et veux vous chérir.
Puis après, s'il me faut mourir...
Je m'endormirai sans tristesse.

Sais-tu pour qui ?

Lina, sais-tu pour qui sera la verte mousse
Et les brillantes fleurs aux tons d'azur joyeux ?
Sais-tu pour qui le bleu myosotis repousse ?
Tout cela est pour toi, Lina, si tu le veux.

Dis-moi, sais-tu pour qui, aux champs, dans l'herbe haute,
Bluets, coquelicots, iris et boutons d'or
Croissent, brillants et beaux, ensemble, côte à côte ?
Ils seront tous pour toi si tu les veux encor.

Puis, sur les bords fleuris où quelquefois on rêve,
Où croît le beau glaïeul aux longs pétales lourds,
Sais-tu, mon Élina, pour qui sa fleur s'élève ?
Elle sera pour toi si tu la veux toujours.

Mais non, tu ne sais pas pourquoi la blonde abeille
Prend tout le suc des fleurs, sans en faire un abus.
Ce doux suc, tu le bois, alors que tu t'éveilles ;
Moi j'en prendrai ma part quand tu n'en voudras plus.

La Petite Servante

Le coq vient de chanter ; déjà le jour s'allume,
Il flambe à l'horizon, le gai et chaud soleil.
Le maître de céans, enfoncé dans la plume,
Sourit complaisamment dans un calme sommeil.

De tout cœur elle aussi, la petite servante,
Dort agréablement dans son lit, près du mur,
Allons, vite, debout ! Voilà le coq qui chante ;
L'ouvrage vous attend, et votre maître est dur.

Alors, en s'étirant, elle entre à sa cuisine ;
Il semble, ce matin, que tout va de travers,
La bûche est noire au feu, s'éteint et se calcine,
Elle ne peut brûler, car les fagots sont verts.

Pourtant le soleil rit, et mai qui vient de naître,
Au lieu de l'égayer la rend triste à mourir ;
Elle s'avance un peu, puis, ouvrant la fenêtre,
Elle voit les lilas blancs et prêts à fleurir.

Mais ses beaux yeux sont pleins d'une lointaine image,
Car dans un songe heureux, pendant qu'elle dormait,
Elle a toute la nuit revu son beau village
Et le gentil Colin, beau galant qu'elle aimait.

Puis les jeunes garçons, foulant l'herbe nouvelle,
S'en allaient en chantant, leur mignonne au côté.
Ils dansaient, dans son rêve... « Oh ! Dieu ! s'écria-t-elle,
Pourquoi donc, ce matin, le coq a-t-il chanté ?

Je les voyais mes bois, tout pleins d'odeurs de fraise ;
Je revoyais aussi les yeux de mon ami,
Et toi, mon beau ciel bleu, pour te voir à mon aise,
Que n'ai-je pas, mon Dieu, mon Dieu ! toujours dormi ! »

La Moissonneuse

Marchant dans la forêt, à l'ombre des ramures,
Où le beau ramier vient de faire son nid,
Sa faucille à la main elle cueille des mûres,
La belle moissonneuse au joli cou bruni.

Enfin, se croyant seule, alors, elle dénoue
Sa torsade et répand ses beaux cheveux dorés
Flottant sur son épaule et caressant sa joue,
Sans cacher son front blanc, ni ses yeux azurés.

Puis, plaçant sa faucille en travers sur l'épaule,
Heureuse, elle rejoint, guillerette et chantant,
Le joyeux moissonneur, qui, assis sous un saule,
Frappe, aiguisant sa faux, toujours la regardant.

« Bonjour, Jeanne ! Bonjour, Jeanne la bien-aimée !.
D'où viens-tu donc ainsi ? Tu sens bon ce matin !
Tu sens, ma chère enfant, l'odeur de la ramée :
Nous irons en cueillir, si tu le veux, demain.

Dis-moi, que chantais-tu, là-bas, sous la feuillée ?·
Dis, mon bel oiseau bleu. l'honneur de la maison ?
L'amour t'avait souri et ton âme éveillée,
Tu fredonnais au bois ta charmante chanson ! »

~~~~~~~~~~

Mimi-Fauvette

~~~~~~

A Monseigneur Pinson, riche propriétaire,
Professeur de plain-chant, habitant, demeurant
Dans le fond du jardin de Monsieur le notaire,
Sur le grand peuplier vers la gauche en entrant.

Mon cher Monsieur Pinson, j'ai reçu votre lettre,
Qui me promet un cœur tout palpitant d'amour.
Je suis. je le sens bien, imprudente peut-être,
En la gardant chez moi, d'y répondre à mon tour.

Monsieur, je vous écris, mais c'est bien en cachette,
Sur une feuille prise au joli romarin.
La crainte et le bonheur me font perdre la tête ;
C'est pourquoi, mon ami, j'ai griffonné un brin.

Rappelez-vous aussi, hélas ! c'est fort étrange,
Nous nous vîmes tous deux pour la première fois,
Pour signer au contrat d'une belle mésange,
Qui prenait pour mari un rossignol des bois.

Vous aviez au bras une vieille hirondelle
Qui lisait son missel. n'y voyant que d'un œil ;
Et moi, j'en ris encor, je m'appuyais sur l'aile
D'un vieux beau déplumé galantin de bouvreuil.

Souvenez-vous, mon cher, je vois monsieur le maire :
C'était un vieux geai noir, type des temps passés,
Il me lorgnait, je crois, d'un œil bien téméraire ;
Sans doute, il nous prenait pour les deux fiancés.

Puis, ensuite au repas, et à trop forte dose,
Nous bûmes tous les deux, hein ! vous en souvient-il ?
Dans le calice, ami, d'une superbe rose,
La divine rosée, un doux nectar d'avril !

Enfin, mon cher ami, notre doux mariage
Sera, n'en doutez pas, je crois, mon plus beau jour ;
Je vous apporterai, dans notre humble ménage,
Très peu d'or, pas d'argent, surtout beaucoup d'amour.

Ci-joint, à tout cela, une humble pâquerette.
C'est la dernière fleur de la belle saison ;
Et je signe aujourd'hui : Nina, Mimi-Fauvette ;
Demain, je signerai : Nina, Mimi-Pinson !

Le Liseron

C'est aux pâles lueurs si douces du matin
Que monte en s'enroulant tout autour d'une branche
Le joli liseron, coquet, frais et mutin,
Entr'ouvrant doucement sa corolle extra-blanche.

Quand arrive le soir, qu'il emplit le jardin
D'une ombre qui partout se répand et s'épanche,
Le liseron se ferme et son œil de satin
Retombe sur sa tige alanguie qui se penche.

Il est, croyez-le bien, l'image de l'amour,
Savourant le plaisir qui toujours le convie ;
Il s'ouvre aimant, heureux, mais ne dure qu'un jour,
Rassasié et las, fatigué de la vie !

~~~~~~~~~~~~

Le Doute

~~~~~~

Je penserai toujours aux roses qui vont naître,
Ainsi qu'aux lilas blancs que j'ai revus fleuris,
Aux rayons de l'été, et qui seront peut-être
De notre vieux soleil les superbes débris.

Ainsi pensait, le soir, le poète en son rêve ;
Il redisait tout bas, en regardant les cieux :
D'où nous vient donc, enfin, cette nouvelle sève,
Qui donne la vigueur aux âmes de nos vieux ?

Où volez-vous ainsi, roses déjà flétries,
Écloses le matin ? Vos pétales tordus
Semblent chercher au loin de nouvelles patries ;
Tout est fini pour vous, vos parfums sont perdus.

Et vous, brûlants baisers, baisers roses d'amantes,
Suaves et doux refrains qui, le soir, vous unit,
Magnifiques chansons des grillons dans les menthes,
Concerts harmonieux venant du paradis.

Oh ! mes beaux rêves d'or ! Vous, mes douces pensées
Toutes pleines d'amour, de fleurs et de parfums !...
Où serez-vous alors, mes belles trépassées,
Quand les mondes seront disparus et défunts ?

Puis les affections et toutes les promesses
Qu'on s'était faites un jour dans ce monde, ici-bas,
Tous les serments d'amour et toutes les caresses
Seront mensonges et ne se compléteront pas !

N'y a-t-il pas enfin, là-haut, quelques étoiles
Aux tremblantes lueurs dans les cieux inconnus,
Où pourront se cacher, cinglant à pleines voiles,
Les parjures serments, refrains qui se sont tus ?

Et là, dans le ciel bleu, toutes les poésies,
Libres parmi l'azur de tous les beaux séjours,
Dans un concert d'amour, brillantes harmonies,
Chanteront le bonheur, réunies pour toujours !

Épigramme

Je mêle, mes enfants, souvent sans harmonie,
Rouge, gris, blanc et noir et même l'indigo,
En écrivant beaucoup sans l'ombre du génie,
Mes rimes dégringolent et roulent à gogo.

Dans notre siècle, enfin, chaque homme a sa manie ;
Moi, j'adore, en tout temps, la noble muse : Ergo,
Car chez moi, maintenant, toute prose est bannie ;
Mon amour, mon bijou, c'est lui : Victor Hugo !

Mais je ne suis qu'un gueux, misérable trouvère ;
Et puis lorsque le soir j'ai bien vidé mon verre,
La tête en feu, je frappe et façonne des vers,

En voulant imiter Horace et puis Le Dante.
Ma plume ainsi trempée est une étoile ardente
Qui gratte le papier sans marcher de travers.

~~~~~~~~~~~~

La Lune

~~~~~~

Oh ! je m'en souviendrai, j'y penserai longtemps,
J'y penserai longtemps, Irma, ma belle brune,
A ce bosquet fleuri, à ce jour de printemps,
Où nous vîmes soudain, un soir, tomber la lune.

C'était, je crois, en mai, ou bien était-ce en juin ?
Je ne me souviens plus, oh ! mais je n'en ai cure,
Tout était refleuri, l'air était pur enfin,
La nuit, la belle nuit, n'était pas très obscure.

Alors, nous regardant et lisant dans nos yeux
Tout ce qui se passait dans nos deux pauvres âmes,
Les tiens, ma belle Irma, comme une étoile aux cieux,
Scintillaient, tendrement, pleins d'amoureuses flammes.

Puis, enivrés tous deux, doucement enlacés,
Tu penchais ton front blanc, effleurant ma poitrine,
Marchant bien lentement et vaguement bercés
Par la belle chanson, la chanson cristalline.

C'était le chant rythmé du ruisselet jaseur
Qui scandait tous nos pas et notre marche lente ;
Il me rendait chagrin, triste, apeuré, rêveur,
Et toi, ne riant plus, pensive et nonchalante.

Mon souffle caressait la nuque de ton cou,
Et ma lèvre aspirait à se joindre à la tienne ;
Je te disais : « Je t'aime ! » et puis quand tout à coup,
Oh ! oui, de tout cela, Irma, qu'il te souvienne !

Et nous vîmes soudain, oui, nous vîmes passer,
Dans le charmant fouillis de fleurs et de feuillage,
Comme un astre brillant et qui semblait laisser
Dans notre belle nuit un clair et beau sillage.

J'entends encor ton cri, un affreux cri d'effroi :
« Grand Dieu !... Mon cher Lucas, c'est la lune qui tombe ! »
Et je sentis ton front mouillé devenir froid
Comme le marbre blanc qui recouvre une tombe !

Alors, tu t'enfuyai, et moi je te retins,
Et puis je te calmai par de douces caresses,
Si douces, mon Irma, et que de toi j'obtins
De pouvoir dénouer tes brunes et belles tresses.

Lorsqu'à notre retour, là, nous apprîmes bien
Qu'il venait dans le ciel de glisser un bolide,
Mais tu le sais, enfant, non, nous n'en crûmes rien,
Nous avions tous deux l'esprit bien peu solide.

Hélas ! nous nous sommes fait douce conviction —
Elle était franche, Irma, profonde et sans lacune —
Que dans les cieux, enfin, belle apparition,
Nous avions bien vu rouler, tomber la lune !

Le Trouvère

Charmante senora, gentille châtelaine,
Vous voyez devant vous un joyeux troubadour,
Qui va, soir et matin, de domaine en domaine,
Sa lyre en mains, chantant le bonheur et l'amour.

Mais si je suis joyeux, je vous dirai, Madame,
Que ne possédant rien, bien pauvre en vérité,
En me rendant ici, ce soir, je vous réclame
Humblement les douceurs de l'hospitalité.

Mais, pour me reposer par une nuit si pure,
Dehors, sous les bosquets, je pourrais sommeiller,
Ayant le firmament, le ciel pour couverture.
Et sous ma tête aussi des fleurs pour oreiller.

Dans ce milieu fleuri, je serai fort à l'aise,
Oui, mais auprès de vous, chère dame aux beaux yeux,
Je dormirais bien mieux et, ne vous en déplaise,
Oh ! oui, je dormirais, Madame, encor bien mieux !

Et puis, demain matin, gentille châtelaine,
Assis à vos genoux alors je chanterais
Une chanson d'amour, superbe cantilène,
En vous donnant mon cœur ; oui, je vous aimerais !

Sur la Grève

~~~~~~

Au loin le vent mugit, ici la vague écume ;
Et puis, là-bas, là-bas, à l'horizon tout noir,
Malgré la nuit, malgré le brouillard et la brume,
Anxieuse, elle cherche à découvrir, à voir.

Puis, debout, regardant sur la grève déserte,
Tout en pleurs, les yeux ternes, et le cœur palpitant :
« Mon Dieu ! mon Dieu ! » dit-elle, et la bouche entr'ouverte,
En silence Norma murmure en sanglotant :

« Depuis trois jours entiers, mon ami, mon bon Pierre,
Je suis venue ici, j'habite les galets,
Je te vois dans ta barque, hardi et téméraire,
Levant l'ancre et portant sur ton dos tes filets.

Mais depuis ce moment, la mer est en colère,
La vague va et vient avec un air grondeur,
En frappant les rochers, la terrible mégère
Semble me provoquer. Mon Dieu ! ah ! j'ai grand'peur !

En grondant sourdement, déferlant sur la grève,
Soudain, devant ses pieds, le flot noir s'est rendu,
Norma se penche alors... Oh ! terrible, affreux rêve !
La barque est là, mais lui, le pêcheur est perdu !

Et depuis ce moment, en proie à son délire,
On voit Norma, le soir, errer et en tout temps
Parler aux flots bruyants, pleurer et toujours dire :
« Reviens, mon Pierre, oh ! viens, je suis là, je t'attends ! »

Mais la vague, toujours roulant, blanche d'écume.
Vient de là-bas, là-bas, de l'horizon tout noir.
Le bon Pierre a sombré, le soir, parmi la brume.
Console-toi, Norma, car tu n'as plus d'espoir !

~~~~~~~~~~

Souvenir

~~~~~~

Je l'ai bien vu passer dans le petit chemin,
La plus gentille enfant, fine fleur des fillettes,
Elle avait sur l'épaule et dans sa blanche main
Une gerbe de fleurs, lilas blancs, pâquerettes.

Appuyé sur son bras, un tout petit panier,
Qui pendait gentiment tout le long de sa hanche ;
Et l'on apercevait, au travers de l'osier,
Le fin et blanc muguet et la belle pervenche.

Sur sa charmante tête il y avait encor
Des roses et du muguet aux gouttes de rosée,
Scintillant et brillant comme des perles d'or
Et se mêlant à sa chevelure frisée.

Son regard était doux, suave et ravissant,
Il avait pénétré jusqu'au fond de mon âme,
Un petit air mutin, sourire séduisant ;
La belle enfant savait au cœur porter sa flamme.

Elle suivait la route et d'un pas dégagé
Elle allait et marchait, belle et jeune, innocente,
Elle portait gaiement un simple négligé,
Qui la rendait superbe et presque ravissante.

Son adorable port était si gracieux,
Si doux et si charmant était son doux visage,
Qu'arrêté je suivis longtemps, longtemps des yeux,
Cette divine enfant, belle et vivante image.

Enfin, elle partit, revint et parcourut
Les prés et les bosquets qu'au loin la route longe,
Puis soudain, brusquement, l'image a disparu ;
Et je crus avoir fait, tout éveillé, un songe.

Edita

Quand assis rien que tous les deux,
Dans ton salon, ma mignonnette,
Ah ! comme nous étions heureux !
Rien ne valait cette chambrette.

Fixant nos yeux sans nous parler,
Nous disions de douces choses ;
Comme il faisait bon de s'aimer !
Nos rêves étaient couleur de roses.

Tu te souviens comme j'aimais
A te presser sur ma poitrine,
Et comme alors je t'embrassais
Sur ta bonne et charmante mine.

Tu me disais : « C'est toi que j'aime ;
Mon bonheur, mon amour, c'est toi ! »
Et moi, je répondais de même :
« Mon Edita, reçois ma foi ! »

La Rousse

Notre vache, elle est là ; voyez sa robe rousse,
Elle a deux jolis yeux, doux et intelligents.
Quand dans nos prés fleuris vont et viennent les gens,
Jamais elle s'emporte et jamais se courrouce.

Depuis deux mois passés qu'elle a son petit veau,
Dès l'aube, le matin, elle sort de sa crèche ;
Vous pouvez admirer sa langue rose et fraîche,
Friande du gazon et du trèfle nouveau.

Ah ! dame, elle est ben gente et puis ben sûre en outre,
Avec son front cornu, son grave meuglement ;
Elle me donne encor, m'apporte vaillamment
Ses deux longs pis gonflés, arrondis comme une outre.

Malades et chétifs recherchent son bon lait,
Les beaux messieurs aussi, cela par gourmandise ;
Et les petits enfants sont gros, joufflus et frais :
La rousse les nourrit par pure friandise.

Notre vache est jolie, aussi nous l'aimons tous ;
Elle est aimable et bonne, elle est belle et sincère ;
Nous la garderions, si jamais la misère
Nous prenait tous nos prés, nous chassait de chez nous !

La Bohémienne

Oh ! oui, celle que j'aime a cent fois plus de charmes
Que la royale infante et Sara Velasquez,
Pour elle j'ai quitté, et j'ai quitté sans larmes,
La belle senora, marquesa d'Aljarez.

Car avec son front blanc, les roses de sa joue,
Elle marche courbant son cou comme Léda ;
Alors, quand elle danse et qu'elle fait la moue,
On se croirait encor avec Esméralda.

Mais je fus ébloui d'une vive lumière
Rien qu'en la regardant, voyant ses deux grands yeux ;
Ils étaient suppliants comme une humble prière
Et ils étaient profonds comme l'azur des cieux.

Puis, alors, je lui dis : « Belle bohémienne,
Je te donne mon âme et mon cœur est à toi !
Je suis à tes genoux, mets ta main dans la mienne,
Laisse-là ton osier, ta corbeille et suis-moi ! »

« Monseigneur, il vous faut une infante d'Espagne,
Qui rêve en s'endormant dans vos bras chaque soir.
Elle vous aimera, sera votre compagne,
Et on la nommera la dame du manoir.

Sans doute, Monseigneur, Dieu m'a créée et faite
Pour chanter le matin avec tous les pinsons ;
Et puis songer le soir, ainsi que le poète,
En tressant de l'osier pour nos belles moissons.

Ensuite, pour marcher sur les sentiers, les routes,
Où la nuit on entend un mélange de voix,

7

Pour déjeuner, dîner, en buvant quelques gouttes
D'une eau pure à la source en mangeant une noix,

Monseigneur, laissez donc la fille de Bohème
Courir, cueillir des fleurs, la pervenche et le thym,
Avec sa liberté, c'est là tout ce qu'elle aime,
C'est là tout son bonheur, son amour, son destin ! »

Souvenirs

Je sommeille le jour, le soir, sous la ramée,
Je me promène seul, très cher, en te humant ;
Et je vois le brouillard de ta blanche fumée
S'envoler vers le ciel, vers le bleu firmament.

Sombre et rêveur, je songe à ma jeune maîtresse,
Qui mourut, l'an dernier, au milieu de ces fleurs ;
Alors mon pauvre cœur se remplit de tristesse,
Et à ce souvenir mes yeux versent des pleurs.

Comme un superbe éclair qui illumine l'ombre,
Elle n'eut, pauvre enfant, qu'un court rayonnement,
Et puis, ainsi que toi, dans la nuit pure et sombre,
Comme un joyeux soleil, ne brilla qu'un moment.

O femme bien-aimée ! O compagne si chère,
Notre bonheur, hélas ! ne connut qu'un seul jeur.
O douce illusion ! Rêve trop éphémère !
Trop éphémère aussi fut notre tendre amour !

Voilà pourquoi le soir, seul et sous la ramée,
Je vais, mon bon cigare, en rêvant à l'enfant.
Je regarde et je cherche à travers ta fumée,
Pour voir l'ombre de Jeanne au ciel, au firmament !

Ma Gondole

〜〜〜〜

Dis-moi, t'en souviens-tu, c'était par un beau soir,
La coquette Vénus tremblait au ciel sans voiles ;
Nous la regardions, puis tous deux sans la voir,
En admirant l'éclat des brillantes étoiles.
Alors, sans nous parler, puis allant dans la nuit,
Sur l'onde qui berçait notre belle gondole,
Parfois tu t'approchais, tu te penchais sans bruit ;
Ta bouche murmurait une douce parole.

La nuit, la belle nuit drapait le bord des cieux
De ce noir incertain, ténébreuses dentelles.
Oh ! redis-moi pourquoi dans l'air silencieux,
Belle Norma, nos deux lèvres s'unirent-elles ?
Je ne sais, mais, hélas ! pourquoi chaque matin
L'astre du jour sourit à la nature humide,
Aux monts, aux bois, aux champs couverts de fleurs de thym ?
Et pourtant ce ne fut qu'un baiser bien timide.

Mais notre beau soleil poursuivait son chemin,
Le flot frangé d'argent causait avec la brise.
Par un hasard heureux, je t'avais pris la main,
Et tu me la laissais, ineffable surprise !
Tu me parlais tout bas ; pourtant, ton petit cœur,
Ivre de son bonheur, puis sur ta lèvre rose.
Il tremblait de plaisir et semblable à la fleur
Qui sourit au zéphyr dans une apothéose !

〜〜〜〜〜〜〜〜

Le Corsaire

Hourra ! la mer rugit, hurle, gronde et bouillonne
Les flots sont par les flots vivement repoussés,
Livrant à l'ouragan, au vent qui la sillonne
Leurs fronts blanchis d'écume, effrayants, courroucés ;
Hourra ! trois fois hourra ! Ce temps nous favorise,
Et si chacun de nous observe son devoir,
Je vous promets aussi une superbe prise,
Car ce vaisseau, là-bas, nous enrichit ce soir !

Allons, serrez les voiles, et tous bravons l'orage ;
Buvons, rions, enfants, il faut nous divertir.
La foudre et l'ouragan autour de nous font rage,
Les flots rasent le pont, prêts à nous engloutir ;
Dans peu, bientôt, pour nous, ici, dans ma tartane,
Le fleuve de Lydie, un Pactole coulant.
Ce galion, là-bas, source mahométane,
Garnira notre pont de son or rutilant.

Voyons, enfants, chassons et poussons, notre proie,
Près de ces noirs rochers, terrible et sombre écueil,
Poussons-la vivement, et pour qu'elle s'y broie ;
Que la mer en courroux lui serve de cercueil !
Et puis n'oubliez pas, marins, fils de Neptune,
Qu'en immolant tous ces mercenaires impies,
Corsaires, nous gagnons, avec de la fortune,
De beaux écus sonnants et le saint paradis !

Le Bohémien

C'était un vieux sorcier, sans fracas ridicule,
Qui parlait aux badauds, qu'il savait réunir
Par un petit discours bien tourné qui stimule
Et qui inspire alors un tenace désir.

« Entrez, messieurs, entrez ; devin plein de scrupule,
Je vous respecte trop et ne veux vous mentir.
Je montrerai ici, même au plus incrédule,
Ce qu'il doit être un jour, je montre l'avenir. »

A ces mots, la chambrée est aussitôt complète,
Soudain, au large rire, au brouhaha joyeux
Succède une lourdeur, une gène muette,
Chacun sort le front bas, triste, et silencieux.

Les uns disaient : — Il ment, il ment. — Mais non, ce vieux
Nous a dit vrai. — Tu crois ? — J'en suis certain, Murette.
Il disait vrai, vois-tu. — Alors, c'est sérieux ?
— Très sérieux, ami : il tenait un squelette !

Pâquerette

Tu es de tous les prés la plus gente fleurette
Et de toutes les fleurs la plus modeste encor ;
Tu as un joli nom, celui de Pâquerette ;
Et de riches atours, robe blanche et cœur d'or.

Mais à l'abri du vent bien souvent tu frissonnes,
Sans crainte du zéphyr, lorsque le papillon
S'arrête auprès de toi et doucement chiffonne
Ton beau corsage blanc, ton fluet cotillon.

Que viens-tu faire ici, papillon vain, perfide ?
Pourquoi t'arrêtes-tu, oh ! Don Juan des airs ?
Va-t'en. retire-toi, laisse la fleur candide,
Qui se mire le jour dans les horizons clairs.
Allons, retire-toi, la pâquerette est sage.
C'est une tendre fleur, même quand vient le soir ;
Elle ne peut t'aimer, car tu n'es qu'un volage,
Un être dangereux, ignorant du devoir.

Cette charmante fleur, la douce pâquerette,
Est craintive, en tout temps a peur des gens heureux,
Elle tremble souvent, elle craint l'amourette,
Qui en se promenant toujours la cueille à deux.
Hélas ! il est trop vrai, quand l'amour nous enivre,
Quand il nous a touchés au plus profond du cœur,
Pourquoi donc l'effeuiller ? Que ne laissons-nous vivre
Dans les prés verdoyants cette innocente fleur ?

L'Ivresse

J'avais soif, et j'ai bu, j'ai bu, j'étais si triste !
Rongé de noirs soucis, j'ai sangloté sur moi.
Pour cacher cet affreux chagrin, mortel émoi,
J'ai bu, me voilà gris, mais gris à l'improviste.

J'attends, j'attends toujours que l'ivresse m'assiste,
Car ma pauvre cervelle est bien en désarroi :
Mon Dieu ! je le constate avec un fol effroi,
Que mon lugubre ennui va grandissant, persiste.

Titubant et tremblant, de la nuque au talon,
J'éprouve le dégoût, hélas ! de me voir ivre ;
J'ai les pieds fatigués et lourds comme du plomb,
Le vice vient enfin de me montrer son livre.

~~~~~~~~~

Le Vent

~~~~~~

Je m'étais assoupi et dans ma somnolence
J'entendis un grand bruit, celui du contrevent,
Je me levai alors, écoutant en silence
Le vacarme effrayant de la chanson du vent.

On entendait siffler, crier, pleurer et rire,
On percevait aussi des sons capricieux,
Puis soudain l'ouragan grandit, mugit, soupire,
S'arrête, va et vient, redouble, furieux.

Ce sont des cris aigus, affolés et bizarres,
Qui traversent l'espace ainsi que des éclairs,
Ils font entendre au loin d'éclatantes fanfares,
Déchirant l'atmosphère et roulant dans les airs.

Alors un bruit se fit, éclat de rire énorme,
Qui avec des sanglots s'engouffre sous mon toit.
Ce rythme échevelé s'abaisse et se reforme,
Rebondit, s'enfle et meurt, puis doucement décroit.

Puis voilà qu'à torrents l'eau dégringole à verse,
L'ouragan enchaîné s'apaise en un instant,
Et soudain il reprend, terrible, après l'averse,
Ensuite il s'affaiblit, passe et tombe en mourant.

Sous un Baiser

Tu as le frais sourire, ainsi que bonne mine,
Enfant ; tu as le doux regard du nouvel an,
Et ton petit minois d'ange qui s'illumine
Sous un tendre baiser de ta chère maman.

Superbe adolescent, enfant doux et pensif,
Au regard sérieux, qui de la rime abuse,
Ton tendre rêve éclôt, beau, charmant et naïf,
Sous l'aile du zéphyr, chaud baiser de la Muse.

Oui, tu marches, jeune homme, effeuillant le printemps ;
Puis tu penses à l'amour, à sa troublante ivresse,
Car il chante en ton cœur ; tes lèvres de vingt ans
Vont chercher un baiser de ta belle maîtresse.

Et toi, brave artisan, solide travailleur
De toutes nos cités ou bien de la campagne,
Tu es là, sans soucis, sans songer au labeur,
Sous un simple baiser de ta digne compagne.

Sans cesse, pauvre père, en lutte pour la vie,
Tu rentres chaque soir, le cœur triste et saignant ;
Et tes yeux fatigués n'ont plus de pleurs d'envie
Sous le chaste baiser de ton petit enfant.

Salut ! noble vieillard, dont la course est finie ;
Tu contemples la terre où chaque être s'endort,
Où chaque homme repose en la paix infinie,
Sous la livide et froide étreinte de la mort !

Feuille de Rose

Je te recueille enfin, avec joie et bonheur,
Doux débris embaumé de la superbe rose,
Qui, ce matin encor, avec amour repose
Dans son corsage blanc, tout auprès de son cœur.

Elle te contemplait, hier, et toute heureuse,
Tu fus longtemps, longtemps tenue entre ses doigts.
Elle te regarda et respira vingt fois
Tes odorants parfums et tes senteurs charmeuses.

Quel souffle du zéphyr a donc passé sur toi,
Pour qu'il te détachât de ta superbe tige ?
Et dans un affolant et tournoyant vertige,
Fugitive, tu vins t'abattre auprès de moi.

Reçois ce doux baiser bien amoureusement.
Mon pétale empourpré qui lentement se fane ;
Et loin de tous les yeux, de tout regard profane,
Je te veux tout à moi, bien à moi, maintenant.

Puis comme une relique enivrante, éternelle,
Elle eut ton doux parfum et t'aima, pauvre fleur ;
Et moi, qui l'adorais, je lui donnai mon cœur.
C'en est fait maintenant ; et nous mourrons loin d'elle !

Pourquoi vous le dire?

Pourquoi, mon Dieu, pourquoi ne vous dirai-je pas
Que vous avez la main, petite main divine.
Une superbe taille, adorable et bien fine,
Puis les dents blanches aussi, de fiers et beaux appas ?

Pourquoi, mon Dieu, pourquoi ne vous dirai-je pas
Que partout je vous cherche et partout vous évite
Et que mon pauvre cœur bien portant bat plus vite
Quand le soir, dans la rue, il pressent votre pas.

Pourquoi, mon Dieu, pourquoi ne vous dirai-je pas
Que je voudrais vous voir et, tout brûlant de fièvre,
Pouvoir vous admirer, effleurer de ma lèvre
Le chatoyant satin de votre joli bras.

Pourquoi, mon Dieu, pourquoi ne vous dirai-je pas
Que je vous ai donné tout mon être et mon âme
Et qu'il me serait doux, oh ! croyez-le, Madame,
De vous le dire et de le murmurer tout bas.

Oh ! non, mais à quoi bon vous le dirais-je hélas !
Je le sens, cet aveu vous ferait bien sourire,
Et puis, enfin, peut-être iriez-vous au rire ;
Ce rire aurait raison, car vous ne m'aimez pas !

Bigame

En agissant ainsi, pour se moquer du monde,
De tout le convenu, de son noble devoir,
Dame Nature en vous créant, divine blonde,
Vous a mis sous le front des yeux du plus beau noir.

Lorsqu'en vous regardant je vois la chair de neige
De votre belle nuque aux brillants fils dorés.
Je me dis à part moi : « O vierge de Norvège,
Tu me fais tressaillir, mes sens sont enivrés ! »

Puis, en vous rencontrant, en vous voyant en face,
Je suis galvanisé, un moment étourdi,
Car votre œil captivant, chaud et rempli d'audace,
Est l'œil audacieux de l'enfant du Midi.

Aussi, je suis perplexe et je ne sais que croire,
Vous paraissez avoir plusieurs tempéraments,
Rêvant, pleurant, riant, mais c'est toute une histoire
Qui suit le bon plaisir du temps et des moments.

Je mets en œuvre alors mon savoir, ma science,
Je veux étudier, mais je n'y vois pas bien,
Et je me dis : Hélas ! je prendrai patience,
Vous-même, ainsi que moi, nous n'y comprenons rien.

Alors, si je vous vois triste et mélancolique,
Je me mets à chanter un doux refrain d'amour ;
C'est toujours au moment de l'idylle tragique
Que de vos jolis doigts vous battez du tambour !

Tout en vous admirant, Madame, je m'occupe ;
A vous bien définir vous me voyez surpris,
Car dans l'étroit filet de votre longue jupe
Mon pauvre cœur s'est pris, s'est pris, bel et bien pris !

Aussi, croyez-le bien, mon Dieu, qu'on rie ou jase,
En voyant l'oiseleur emprisonné, captif,
Je ne me plaindrai pas. Non, non, pas une phrase
Ne viendra moduler le moindre cri plaintif !

Mais malgré moi, pourtant, une chose m'oppresse
Et vient souvent troubler mon cher et doux émoi :
C'est de me répéter chaque jour et sans cesse
Que vous m'avez, Madame, enfin, mis hors la loi !

Car bien sincèrement et n'aimant qu'une femme,
Je fuierai tous les juges, et alors, bien loin d'eux,
Je m'avoue en tremblant que je suis un bigame,
Puisqu'en votre personne il en existe deux !

Désirs

Enfin, sais-tu pourquoi, pourquoi mon âme est triste,
Gentil petit oiseau qui passe en fendant l'air ?
Quand je regarde, hélas ! le firmament si clair,
Sais-tu, petit oiseau, pourquoi mon cœur s'attriste ?

Je voudrais bien courir et voler comme toi,
Sans crainte et sans souci, dans cette immense plaine,
Aller, venir, errer et mépriser la peine,
Savourer le bonheur en dépit de la loi !

Oh! comme je voudrais, délivré de tout frein,
M'élancer prestement dans la vaste atmosphère
Où cessent tous les bruits de notre pauvre terre,
Où voguent dans l'azur tous les astres éteints !

Et je voudrais aussi, en dépassant de l'aigle
Le vol majestueux qu'il accomplit dans l'air,
Montrer à mes amis, à ma compagne espiègle,
Comment, frêle et petit, l'homme ici-bas est fier.

Mais dites-moi pourquoi de si grandes pensées,
Pourquoi donc aspirer à de si hauts désirs ?
La gloire et le bonheur, l'amour de mes aimées
Ne pourront arrêter mes sanglots, mes soupirs !

Le Renouveau

Déjà on aperçoit la troupe d'hirondelles,
Sous la voûte d'azur, en un nombre infini ;
Elles viennent chez nous, volant à tire d'ailes,
Afin de regagner au plus tôt l'ancien nid.

Le ruisseau faiblement dans la plaine murmure,
Du printemps le zéphyr frétille avec douceur.
Au bord de l'eau le saule, à la grise ramure,
Penche au-dessus des flots son front plein de langueur.

Puis, près de nous, dans la prairie ensoleillée,
Le grillon rajeuni grince son doux refrain ;
Ici le gai pinson, perché sous la feuillée,
Egrène sa chanson et son rire argentin.

Sur le chêne et l'ormeau, la gentille fauvette ;
Et le beau ramier roucoule en amoureux ;
Dans l'espace azuré, la mignonne alouette
Va, vient et puis s'envole en chantant vers les cieux !

Mais voilà l'orgueilleux papillon qui s'avance,
Allant de fleur en fleur, toujours en voltigeant,
Il vient de lutiner, fier et plein d'arrogance,
Le superbe muguet, aux beaux grelots d'argent !

~~~~~~~~~~

Boutade

~~~~~~

Cesse de te montrer, beau soleil radieux !
De tes brillants rayons, hélas ! je n'ai que faire,
Et tant que je serai sur cette sombre terre,
Je ne veux pas, non, non, avoir d'autre lumière
Que le jet lumineux s'échappant de ses yeux !

Bosquets et bois touffus, cessez tous vos murmures !
Ah ! ne susurez plus, sources et gais ruisseaux !
Tais-toi, brise, tais-toi ! et vous, petits oiseaux,
Silence ! je le veux, car vos chants sont moins beaux
Que ses sublimes mots, phrases tendres et pures.

Gardez tous vos parfums, ô magnifiques fleurs !
L'arome qui s'exhale et dont votre urne est pleine
Est moins suave que la douce et pure haleine
De la bouche riante, adorée et sereine
De l'enfant regretté qui fait couler mes pleurs !

Brillante liqueur d'or, nectar, fruits blonds ou roses,
Vous ne pourrez jamais, jamais rivaliser
Avec la passion, la saveur du baiser
Qu'il vint auprès de moi, l'autre nuit, déposer
Sur mon front endormi et sur mes lèvres closes.

L'albâtre de son corps, une pure merveille.
Mais son âme immortelle est plus divine encor...
Et moi, j'ai possédé ce superbe trésor.
La nuit, et mon beau rêve, hélas ! prit son essor
Sitôt que reparut l'aurore qui m'éveille !

~~~~~~~~~

Évocation

Le doute affreux, le doute, et selon sa coutume,
Chaque jour me torture et dans mon amertume
Je me dis en rêvant que rien n'est éternel
Et que rien ne survit à l'homme, être charnel ;
Tout vient et disparaît, puis, hélas ! comme une ombre.
Après le jour brillant succède la nuit sombre,
Et pourtant du néant notre vie a jailli,
Elle s'effeuille, alors, ce n'est qu'un fruit cueilli,
Car c'est ton affreux bras qui toujours nous enlace,
Oh ! Mort ! affreuse Mort ! ton froid baiser nous glace !

Oh ! toi, qui nous a mis sur cette terre, hélas !
Nous t'invoquons, Grand-Tout ! Tu ne te montres pas !
Dis-nous, Être puissant, dis-nous sous quelle cime
Tu caches ton esprit et ta face sublime ?

Oh ! non, non, tu n'es pas le destin inhumain,
Muet, capricieux, stupide et dont la main
Laisse avec ironie, avec indifférence
Tomber le bien, le mal, la joie et la souffrance,
Sur nous tous, tes enfants !... Levier ou pouvoir,
Tu peux tout soulever, et nous ne rien savoir !

Oui, je m'en vais rêvant, rêvant à autre chose ;
Le ciel s'est entr'ouvert étrange apothéose
D'astres se promenant dans l'azur... Il est mort !...
Peut-être terrassé sous le terrible effort
De son dernier travail, travail, œuvre suprême,
Superbe et merveilleux, grand, sublime problème.
Réponds-moi, serais-tu retourné dans la nuit ?
Non ! Non ! Non ! trois fois non ! Mais qui te trouble et nuit ?...
Ah ! tu ne produis plus, et pourtant on s'élance
Vers toi, Etre divin, tu gardes le silence !

Mais malgré tout je veux te croire et espérer ;
Oui, je veux désapprendre à dire, à murmurer :
Longtemps j'ai admiré le noir des nuits profondes,
Je vous ai vu briller, belles étoiles blondes,
Et sourire entre vous, dans le bleu firmament.
Mon esprit a volé... Dans mon cœur brusquement
Il s'alluma soudain comme de belles gerbes
D'espoirs et de désirs, renaissants et superbes.
Ah ! rêvons et croyons, hommes : malgré la mort,
Le Grand-Tout, créateur, restera le plus fort !

Brises d'Avril

Après Mars, quand Avril, par ses jolis sourires,
Fait reverdir la plaine ainsi que les coteaux,
Les bois et les buissons font entendre des rires
Et des chants amoureux mêlés aux chants d'oiseaux.
Puis, tout à coup, survient la rapide hirondelle,
Effleurant doucement la terre de son aile,
Elle guette, en passant, la fine demoiselle,
Qui vient en butinant errer sur les roseaux.

Puis le gai papillon, vert, blanc, rouge et bleuâtr
S'arrête sur les fleurs, puis s'envole en lutin,
Et le petit grillon, disséminé dans l'âtre,
Commence et continue son éternel refrain.
Au loin, au fond des bois, caché sous une branche,
On peut voir le muguet qui incline et qui penche
Son admirable fleur, belle corolle blanche,
Sous le rayon du jour, la perle du matin.

Ensuite l'herbe croît dans la verte prairie ;
De l'espérance, enfin, c'est la noble couleur ;
Sous les haies d'alentour, d'aubépine fleurie,
Sifflent le sansonnet et le merle jaseur.
Mais tous ces mouvements, réveil de la nature,
Tous ces bruissements, ces cris sous la ramure
Et le petit ruisseau, la source qui murmure,
Enfants, sont un cantique, un hymne au Créateur !

Sourires d'amitié

L'amour, nous le savons, se plaît au badinage,
Et toujours il sourit au caprice inconstant ;
Ce joli petit dieu est parfois bien volage,
Il paraît, disparaît, ne dure qu'un instant,
La charmante amitié est beaucoup plus fidèle,
Car elle parle aux cœurs toujours pour les unir,
Et l'on peut, si l'on veut et sans lui couper l'aile,
La garder près de soi, l'aimer, la retenir ;
Et puis au livre d'or de la belle jeunesse
On la voit resplendir d'un bonheur séduisant ;
Souvent, par ses leçons, le joli mot tendresse
Fait tressaillir nos cœurs d'un bien-être enivrant.

Hélas ! nous savons tous que l'amour fait escorte
A nos rêves joyeux, beaux rêves de printemps,
Et que bientôt l'hiver lui fermera sa porte,
Que la noble amitié seule ouvre en tous les temps.
Vous la voyez, amis, aimable et bienfaisante,
Livrer sans calculer capital de bonheur,
Dont on aime à toucher la séduisante rente
Et à se partager la sublime faveur.
Puis vous voyez près d'elle aussi dame Espérance,
Qui vous offre un abri à nul autre pareil.
Heureux qui peut un jour, dans l'affreuse souffrance,
Venir se réchauffer à son brillant soleil !

Mais si toute la joie est parfois éphémère ;
Et pour en ressaisir les bons et doux semblants,
Je dirais, redirais, en me voyant grand'mère :
« Me voilà, bonne vieille, avec des cheveux blancs. »

Toujours en fugitif l'inconstant plaisir passe,
Illusions, bonheur, désir, croyance, amours,
Quand tout s'évanouit, disparaît et s'efface,
La divine amitié, vois, nous sourit toujours !
De son lac argenté, aux eaux pures et limpides,
Remontons le courant de sa rive, et parfois,
Mon ami, le veux-tu, et pour cacher nos rides,
Mon Pierre, embrassons-nous, alors, comme autrefois !

Incertitude

A l'heure matinale où fermentent les sèves,
A l'heure où les regards sont doux, fiers et vainqueurs,
A l'heure des soupirs et des suaves rêves,
Sur les brûlantes lèvres et dans les nobles cœurs.

C'est à l'heure bénie où dans le sentier tendre
On marche bien unis ensemble à petits pas ;
C'est à l'heure bénie où pour se mieux comprendre
Que le couple amoureux discute et parle bas.

Et puis, alors, je songe et j'hésite et je doute,
Car dans le calme heureux du printemps, tous les soirs,
J'ai bien vu scintiller devant moi, sur ma route,
Des yeux, des jolis yeux, des yeux bleus, des yeux noirs,

J'ai vu des lèvres roses, enflammées, me sourire,
Sans savoir si j'étais l'amoureux bien-aimé ;
Et le cœur adoré où je voudrais bien lire
Sans doute restera pour moi toujours fermé !

Car c'est dans l'âme, enfin, que tout l'amour s'amasse,
Le bonheur, le plaisir et les saintes ardeurs ;
Puis tous ces jolis yeux au fol amour qui passe
Sont tous indifférents, meurtriers ou menteurs.

Un jour, oui, j'aimerai, j'aimerai, mais peut-être,
Si un aveu d'amour était, hélas ! surpris,
Mes serments, mes soupirs ne feront-ils pas naître
De dédaigneux refus et de hautains mépris !

Le Bonnet de lin

Le premier jour du mois, Colin et Colinette
Etaient partis tous deux pour le hameau voisin,
A Saint-Aignan ; là-bas, je crois, c'était la fête,
Le bal était monté tout auprès du moulin.

Linette, belle enfant, était un peu coquette :
Pour plaire elle avait mis, en partant, le matin,
Tous ses plus beaux atours, avenante toilette,
Un superbe corsage et jupe de drap fin.

Elle avait une guimpe et une collerette,
Sur sa tête elle avait un beau bonnet de lin,
Disant : « Adieu, maman ! » — « Allons, adieu, fillette ! »
Ils partirent tous deux, en se donnant la main.

Ils marchaient, quand soudain Colinette s'arrête ;
Se campant fièrement, elle dit à Colin :
« Eh bien ! où sommes-nous? Voyons, tu perds la tête ;
Je ne m'y connais plus : où conduit ton chemin ? »

« Il mène, dit Colin, à la forêt discrète,
Où dans chaque bosquet, sur le bel aubépin,
Le superbe pinson près de sa pinsonnette
Roucoule tendrement un amoureux refrain. »

Colinette regarde, elle était inquiète ;
Mais Colin, souriant, lui dit d'un air malin
Et commence aussitôt à lui conter fleurette.
« Non, non, mon cher Colin, tu t'époumones en vain, »
Lui répondit alors la tendre bergerette,

« Car je vois bien, mon cher, ton coupable dessein.
Me prends-tu donc, Colin, pour une insigne bête ? »
C'était fort bien parler, j'en conviens, c'est certain,
Mais Monsieur Cupidon convainquit la pauvrette,
Et bientôt, dans un champ, Colinette et Colin
Se causaient de très près, enlacés sur l'herbette.

Mais, hélas ! il est vrai, toute chose a sa fin,
Même le vrai bonheur, la plus tendre causette.
Quand Monsieur le Soleil fut tout à son déclin,
Nos jeunes tourtereaux songèrent à la retraite ;
Colin était joyeux, elle avait l'air chagrin ;
Ils se rendirent enfin jusqu'à la maisonnette.

« Dieu merci ! vous voilà de retour, cher Colin ! »
Dit la mère en riant, et puis à Colinette :
« Où donc est, qu'as-tu fait de ton bonnet de lin ?
Bien sûr tu l'as perdu en parcourant la fête.
Tu l'auras laissé choir sur le bord du chemin. »

« Oh ! ma foi non, maman, répondit la fillette,
C'est... C'est... un coup de vent qui arriva soudain,
Qui en tourbillonnant l'enleva de ma tête
Et l'emporta au loin par-dessus le moulin !.. »

Rêve

Hélas ! combien ont vu, mais c'était en rêvant,
Tous ces brillants rayons de l'or et de la gloire
Descendre brusquement sur la misère noire,
Comme ceux du soleil dans le bleu firmament.

Pauvre, je me suis dit et redit bien souvent,
Car le sombre néant toujours me le fait croire,
Que cet or rutilant n'est qu'un rêve illusoire
Et que la gloire, enfin, n'est qu'un sac plein de vent.

Couronnes et lauriers, voilà du superflu.
Hélas ! oui, je regrette en ce monde une chose :
Oh ! Seigneur tout-puissant ! Mon Dieu, j'aurais voulu
Naître, vivre et grandir, mourir comme une rose !

Et puis après ma mort, sans honneurs, qu'on me mette
Où l'on voudra, Messieurs, sachez que les pins verts
Ne pourront empêcher que le corps du poète
Ne soit désagrégé et mangé par les vers !!!

Le Torero

Quand arrive le jour, sur l'aire de l'arène
Je viens livrer bataille au taureau furieux ;
C'est un sanglant combat, ô ma charmante reine !
Et ce sanglant combat n'est que pour tes beaux yeux.

Et puis quand l'animal revient tête baissée,
Il s'élance en beuglant, rapide, sur mes pas,
Oh ! non, tu ne crois pas que je songe au trépas ?
Non, ma Nina, non, non, toi seule est ma pensée.

Puis, de son corps gisant sur l'aire auprès de moi,
C'est un ruisseau sanglant bouillonnant qui s'écoule !
Hypnotisé, j'entends les bravos de la foule,
Qui crie : « Hourra ! Hourra ! » folle d'aise et d'émoi !

Tandis qu'on m'applaudit, qu'on m'acclame et m'appelle,
Dans un bruyant tonnerre éclatant de hourras,
Tu peux voir à mes pieds toutes les senoras
Me jeter leurs bouquets, leurs mouchoirs de dentelle !

Eh bien ! Lina, ce sang répandu sur l'arène,
Tout ce sang qui s'échappe en bouillons furieux,
Ces bouquets, ces mouchoirs, ces bravos, ô ma reine,
Tout cela est pour toi, pour toi, pour tes beaux yeux !

Le Rossignol

Chaque jour, pour chanter l'éclatante nature,
Les vallons et les bois, les fleurs et les coins bleus,
Ils se sont réunis, messieurs les violoneux !...
Mais l'hôte des grands bois, caché sous la ramure,
Fredonne ses chansons ; sa voix est douce et pure,
Il n'a jamais appris et chante bien mieux qu'eux.

Mon petit rossignol, enfin, veux tu me dire
Où tu prends chaque jour tes belles notes d'or ?
Quand dans ton frais gosier, sans peine et sans effort,
Roulent des diamants, alors je prends ma lyre :

De t'entendre chanter, pour moi c'est du délire ;
Je veux t'accompagner, mais, hélas ! rien ne sort !

Puis après la moisson, quand la douce Rosette
Prend ses mignons sabots dans sa petite main,
Pour gagner chaque soir, en suivant le chemin,
Le toit vert et fleuri de l'humble maisonnette,
Avec son jardinet clôturé de noisette,
Qu'entretient chaque jour le fils du vieux Germain.

Oh ! comme j'aimerais, j'aimerais à redire
Tous les mélodieux refrains et chants du soir !
Quand je rase en passant les murs du vieux manoir,
Je vois là, devant moi, deux ombres lentes écrire :
C'est Rosette et Germain qui ensemble vont lire
Deux petits noms aimés, gravés sur un tronc noir !

Prête-moi, rossignol, ton oreille si fine,
Ton bec et ton gosier, tes ailes et tes beaux yeux ;
A nous deux, mon mignon, nous déchiffrerons mieux
Cette belle musique ineffable et divine,
Où chaque vers est beau, étincelant de rime ;
Les vallons et les bois, les fleurs et les coins bleus !

L'Hiver

Or voici les longs mois, nous sommes en décembre ;
Ma pelle et ma pincette avec moi dans ma chambre,
Tous trois nous sommes seuls assis au coin du feu ;
Pincette, mon amie et ma seule compagne,
Et de peur que l'ennui ne vienne et ne nous gagne,
Nous allons, si tu veux, tisonner notre feu.

Puis, d'abord, ramassons, pincette, je te prie,
. Ce vieux trognon de bois, cette souche noircie
Qui fume et est trop loin de ces brûlants charbons ;
Vivement jetons-la dans l'ardente fournaise ;
Pincette, maintenant soyons tout à notre aise ;
Enfin, pour nous distraire, enivrons-nous, chantons.

Tu frappes doucement et l'étincelle brille ;
Du souchon enflammé, qui brûle et qui pétille,
Tombent en tourbillons de belles gerbes d'or ;
On croirait assister à un feu d'artifice ;
Frappons, frappons toujours, de peur qu'il ne finisse,
· Et à coups répétés, frappons, frappons encor.

Mais qu'est-ce donc? voilà que du souchon rebelle
Rien ne jaillit, hélas! plus la moindre étincelle.
La bûche devient noire et n'a plus de chaleur.
Pincette, nous voulons en attiser la flamme,
Et dans notre foyer aucune trace d'âme,
Tout me paraît éteint, grand Dieu! j'en ai bien peur !

Nous sommes insensés, sache-le bien, ma chère,
Un feu par trop ardent, tu sais, ne dure guère ;
Trop vouloir posséder, c'est jouer bien gros jeu,
Nous venons tous les deux, ma Lina, de l'apprendre.
Et, maintenant, cherchons, remuons bien la cendre,
Pour voir s'il reste encore un petit brin de feu !

Grand'Mère

On l'a dit bien souvent, vous étiez plus blonde
Que tous les beaux épis que mûrit Messidor ;
Et l'on citait parfois, en tous lieux à la ronde,
L'éclat pur et soyeux de vos deux tresses d'or !

On a dit qu'au berceau quelque mignonne fée
Cisela un matin vos jolis petits doigts,
Que jamais la douceur de la lyre d'Orphée
Ne put, chère grand'mère, égaler votre voix.

Et l'on a dit aussi qu'entr'ouvrant avec grâce
Vos deux charmantes lèvres enrichies de corail,
Traçant un fin sourire, avaient toujours fait place
A deux superbes rangs de vraies perles d'émail.

Et puis on nous a dit, vous étiez légère
Comme l'aile d'azur du coquet papillon ;
Que vous pouviez chausser, chère et bonne grand'mère,
Le tout petit soulier de dame Cendrillon.

On dit, et je le crois, que votre humeur mutine
Aurait tourné la tête aux empereurs et rois ;
Vous aviez aussi une taille si fine
Qu'on aurait pu la prendre entre dix petits doigts.

Enfin, on nous a dit que pâlissaient les roses
Quand on leur opposait votre teint de velours.
Hélas ! on nous a dit encor bien d'autres choses,
Vous en souvenez-vous, mère, de ces beaux jours ?

Le Soleil

Tout près de moi, au creux du ravin qui sommeille,
Dorment les feuilles mortes et les buissons jaunis ;
Brisés et renversés, vides, sont tous les nids ;
Elle est défunte aussi notre mûre vermeille ;
Et l'énorme squelette, un chêne, où toujours veille
L'essaim des noirs corbeaux, solidement unis,
Il tend ses maigres bras, au ciel, vers l'infini,
Dans l'espace inconnu où rien ne se réveille.

Dis-moi, belle créole, où sont tes bengalis,
Tes branches et tes lianes, aux multiples replis,
Qui autrefois ployaient les cocotiers superbes ?
Où sont-ils donc allés tes perroquets moqueurs,
Tous tes reptiles affreux, serpents fascinateurs,
Guettant chaque passant dessous les hautes herbes ?

Là-bas, sous le ciel bleu, à ton premier réveil,
Créole, tu reçus les baisers du soleil,
Chaud, enivrant, qui rend triste et glacé le nôtre ;
Car sous ses blancs rayons éteints, pâles et sans feux,
Le brillant azuré de tes deux jolis yeux
A gardé, belle enfant, les doux reflets de l'autre !

L'Année

~~~~~~

C'est le souffle glacé du sombre et noir hiver
Qui s'avance, en courant, sur la terre blémie ;
Où sont nos belles fleurs et nos moissons d'hier ?
Elles sont disparues ! Une main ennemie
Sur leurs têtes a passé et les a fait périr ;
Il ne nous reste plus qu'un triste souvenir !

Puis le souffle glacé de toutes nos années
A passé sur nos fronts, qu'il a ridés, flétris,
Et sur notre âme, hélas ! qu'il a blessée, meurtrie !...
Plus rien, oh ! non, plus rien, les amours sont fanées !...
Plaisir, bonheur, baisers, pleurs, ivresses et soupirs
Sont partis et ne sont plus que des souvenirs !

Elle est toujours fatale en sa course farouche,
La rafale glacée et rapide du Temps,
Enlevant chaque jour quelques heures aux vivants.
Déjà décembre mort en sa tombe se couche,
Et puis, demain matin, celle qui va finir
Ne sera plus pour nous qu'un vague souvenir !

~~~~~~~~~~

Les Cerises

Viens avec moi, Suzon, viens, Suzon, ma mignonne,
Voici le beau printemps, le temps trois fois heureux
Où le fruit tant aimé, fruit cher aux amoureux,
Pend là, dans le verger, à l'arbre qui frissonne.

Allons donc le cueillir ; viens, ma chère Suzon ;
Et tous deux folâtrant dans ces charmants bocages
Remplis de belles fleurs et de divers ramages,
Viens, nous les cueillerons, les cerises, à foison.

Et puis tu tresseras une belle couronne,
En mélangeant ensemble et la fleur et le fruit,
Mise sur tes cheveux et sur ton front où luit
L'auréole enviée et pure de la Madone.

A ton oreille, enfin, ma Suzon, tu mettras
Un bouquet de ce fruit, grappe rose et vermeille,
Et tu seras fêtée ainsi qu'une merveille
Parmi les amoureux. Combien tu brilleras !

Quand le soir, sous le vent ou sous la folle brise,
Quand tu me souriras, ma fée au frais minois,
Je te dirai, Suzon... « Ah ! laisse-moi, sournois !..
Sur ma lèvre tu veux cueillir une cerise ! »

Les Bruits

J'aime entendre la nuit, dans la belle nature,
Les mille petits bruits qui parfois sont si doux ;
J'aime celui de l'onde et du vent qui murmure
Dans les glaïeuls en fleurs ainsi que dans les houx.

J'aime le beau feu clair qui brûle et qui pétille,
Quand le bois se déchire en joyeux craquements
Sur les chenets, dans l'âtre, au foyer de famille,
Faisant tourbillonner sa flamme de sarment.

J'aime aussi au printemps, parcourant la prairie,
Ecouter les refrains et la voix des grillons,
Le doux chant des oiseaux, la cigale qui crie,
En s'ébattant le jour dans les vastes sillons.

J'aime les chants du soir, la brise qui frissonne
Sur les coteaux muets et sur les bois en fleur,
Et le frémissement régulier, monotone
Du tranchant de la faux du galant moissonneur.

J'aime aussi, ma Nina, quand le vent souffle et joue,
Emmêlant chaque soir tes beaux et blonds cheveux,
J'aime le petit bruit que ferait sur ta joue
Un amoureux baiser doux et silencieux !

Sur l'Étang

Là-bas, là-bas, au loin, sur la belle eau dormante,
Aux brillantes couleurs, aux tons bleutés et clairs,
Auprès d'un peuplier, un saule se lamente,
Ainsi qu'un amoureux, et l'onde et froide amante
Dans son flux et reflux baise ses rameaux verts.

Et là, tout près de lui, tout près, les blancs pétales,
Au milieu des ajoncs et des glaïeuls rêveurs,
Se penchent doucement, s'épanouissent pâles,
Ondulant sous le vent, pareils à des opales,
Les nénuphars fleuris, aux mourantes couleurs.

On y remarque aussi de belles demoiselles,
Aux suaves couleurs, aux teintes de saphir,
Aux brillantes parures, aux scintillantes ailes,
Sur les beaux nénuphars, les regardant s'ouvrir.

Puis du soleil couchant un long rayon d'or glisse
Sur leurs superbes corps, sur leurs corselets bleus ;
Elles volent encore et de chaque calice,
De ces charmantes fleurs, qui sous leurs poids se plisse,
En venant battre l'onde, exhalent mille feux.

Alors, en regardant, on peut voir, endormies,
Au milieu de ces fleurs, dans un rayon vermeil,
Tout un peuple assemblé, mille beautés fleuries,
Que des sylphes bruyants, que d'aimables génies,
Sous le bleu firmament, bercent en leur sommeil !

Avant le jour

~~~~~~~

Voyons, qui frappe ainsi sur mon humble volet?
Qui peut me réveiller une heure avant l'aurore?
Peut-être est-ce un lutin ou bien un farfadet
Qui vient cogner chez moi, qui cogne et cogne encore?

Hé! vite levons-nous; en marchant doucement
Bien sûr nous surprendrons, sans bruit, l'âme rusée
Qui vient tambouriner aussi effrontément
Sur les volets bien clos de ma belle croisée.

Ayant ouvert : Hé! quoi, c'est vous, gentils pinsons,
Qui faites, ce matin, un scandaleux vacarme !
Que faites-vous ici, bandits, joyeux démons?
Parlez, que voulez-vous? votre voix me désarme.

— Mon vieux, tu dors encor, dit le plus effronté,
Ouvre donc toute grande un instant ta fenêtre,
Et tu verras d'ici de nos prés la beauté,
Que le joyeux printemps vient de faire renaître.

Viens avec nous, suis-nous dans les sentiers ombreux,
Où fleurit chaque jour l'aimable pâquerette :
C'est l'intime parfum des jeunes amoureux,
Qui vont cacher leurs nids dans la mousse et l'herbette.

Dans ce nid, depuis l'aube est Mimi-Louison,
Elle a piqué en fleurs sa belle gorgerette,
Attendant dans ce nid qu'un jeune et beau garçon
Vienne amoureusement lui ravir la fleurette.

Aborde-la sans crainte et puis, fort gentiment,
Dis-lui que tu l'adores et qu'elle est bien jolie ;
Nous t'accompagnerons. Alors, en ce moment,
Nous chanterons en chœur la douce mélodie !

~~~~~~~~~~

Les Fleurs

~~~~~

Oh ! oui, respectez-la, cette fleur, belle éclose,
Réséda odorant, pâquerette ou lilas,
Marguerite ou muguet, même la noble rose,
Passez votre chemin et ne les cueillez pas.

Laissez vivre et pousser ces sublimes poèmes
Qu'écrivit sous le ciel le divin Créateur ;
Hommes, contemplez ces poétiques emblèmes,
Qui nous parlent si bien et nous vont droit au cœur.

C'est, hélas ! vous savez, l'écrin de la nature ;
Respectez-le, passants, ne lui dérobez rien ;
C'est de la terre, enfants, la coquette parure.
Halte ! n'y touchez pas, ce n'est pas votre bien.

Enfants, respectez donc ces urnes toutes pleines
De l'enivrant parfum, odorant et divin,
De ces suaves fleurs embaumant les haleines
De la brise qui passe à l'aube le matin.

Oh ! mais, écoutez-moi : si c'est pour une tombe,
Ne vous retenez plus, cueillez ces belles fleurs,
Et que de votre gerbe, avec la fleur qui tombe,
Que de vos yeux rougis s'échappent quelques pleurs !

En pensant aux aimés, ceux dont la mort nous prive,
Gardons toujours pour eux un bien doux souvenir,
Ne les oublions pas ; que notre main cultive
Des fleurs pour leurs tombeaux que nous allons bénir !

La Rentrée

Octobre est toujours là, hélas ! Dans plus d'une âme
Vient se glisser, soudain, un effroi persistant.
Ah ! mes jeunes amis, voici venir l'instant
Où l'on va commencer à rejouer le drame.

Nous allons le revoir, le savant professeur,
Lui, dont la conscience est frivole et faussée
Et dont la tortueuse et superbe pensée
Sous des dehors brillants est pleine de noirceur.

Je puis bien dire adieu aux adorables tasses
De ce bon lait bien chaud, mousseux et bien sucré.
Ah ! c'était un breuvage exquis et savouré
Avec bonheur, avec de gourmandes grimaces.

Adieu, trois fois adieu, les courses dans les champs ;
Adieu, les fleurs ; adieu, la chasse ; adieu, la pêche ;
Ici, nous sommes loin de la figure sèche
Du professeur aux yeux durs, altiers et méchants.

Disons aussi adieu aux joyeuses vendanges,
Où les gais vignerons, entourant le pressoir,
Redisent en sautant, du matin jusqu'au soir,
D'égrillardes chansons aux paroles étranges.

Moyens, grands et petits, mauvais et bons élèves,
Tous, en se promenant, se le disent bien bas
Que pour eux il n'est plus de superbes ébats
Et qu'ils sont bien finis les magnifiques rêves.

Adieu, bonheur ; adieu, toi sainte liberté ;
Car pour nous, demain soir, va se rouvrir la porte
De la sombre prison, de la classe interlope,
Où l'on respire un air infect et frelaté.

La Libellule

C'est sur les bords fleuris et étoilés de l'onde,
Qui coule lentement au milieu des prés verts,
Qu'on voit la libellule errante et vagabonde,
Avec sa taille frêle et sa tête bien ronde,
Tournoyer galamment dans les bois, dans les airs.

Sachez qu'elle a reçu de Madame Nature
Grâce et légèreté de Monsieur le Grillon,
Possédant la fraîcheur d'une eau limpide et pure,
Ainsi que l'élégante et la belle parure
Dont resplendit le beau et charmant papillon.

Sur ses ailes d'opale et de fine dentelle,
De gaze transparente, ainsi que le cristal,
On y peut admirer des reflets d'étincelle ;
Et l'on croirait, alors, voir une demoiselle,
Souriante, qui va, toute parée, au bal.

Mais, hélas ! ici-bas, comme tout est fragile,
Les fleurs, les rêves bleus, l'amour et le lys pur,
Un ouragan survient, qui renverse et mutile
La douce libellule au corps sec et débile,
En brisant sous son choc ses deux ailes d'azur.

Manola

Tenez, la voyez-vous, c'est aujourd'hui dimanche,
Elle a son livre d'heures enfermé dans sa main ;
Voyez comme elle est belle ! Elle est rose, elle est blanche,
Manola, la fillette au tonnelier Germain.

Elle va se rendant jusqu'à la vieille église,
Le matin, à dix heures, où reluit le soleil ;
Ses rayons font tomber dessus l'ardoise grise   .
Des flots d'or et d'argent, d'azur et de vermeil !

Son livre emplit sa main, petite main mignonne,
Et les lis des bosquets en sont presque jaloux ;
S'inclinant sous le vent, la rose qui frissonne
Semble dire en riant : « Manola, cueille-nous ».

Puis, avec ses beaux yeux, aux couleurs de pervenche,
Qui semblent se fixer rien que sur le chemin,
Chacun dit : « Qu'elle est belle et fine sur sa hanche,
Manola, la fillette au tonnelier Germain ! »

Enfin, on croirait voir passer le printemps même,
Courir et onduler le long des hauts buissons ;
Elle touche pourtant à un âge suprême,
Car elle aura vingt ans aux prochaines moissons.

Chacun, en la voyant, sourit sur son passage,
Les jeunes gens lui font un cortège d'amour ;
Mais ce n'est pas cela qui lui plaît davantage :
C'est le large ruban tout brodé de velours.

En regardant ses yeux sous sa cornette blanche,
Les jeunes amoureux vont et viennent en vain,
Mais l'enfant, sans les voir, sur son livre se penche
En tournant les feuillets de sa petite main.

Jeunes gens, laissez-la, ne gênez pas sa route,
Messieurs les amoureux, pourtant, vous voyez bien,
C'est le chant de l'oiseau que Manola écoute,
Elle écoute toujours, en ne retenant rien.

Puis, après les prés verts, la moisson, la vendange ;
Quand les grappes dorées sont là, dans le pressoir,
Contre une blanche fleur d'oranger elle échange
Son large et beau ruban brodé de velours noir.

C'est que son amoureux savait cintrer la planche
Du bienheureux tonneau qui contient le bon vin.
Heureux, trois fois heureux qui la prend rose et blanche,
Manola, la fillette au tonnelier Germain !

Sirène

Elle était grande et brune, au beau teint d'Espagnole,
On la voyait partout, dès l'aube, le matin,
Dans les bois, dans les champs, avec son air mutin ;
Chacun la regardant disait : « C'est la créole ! »

Alerte, vive, elle est comme l'oiseau qui vole,
Et l'on peut admirer son petit air mutin,
Car elle est grande et brune, Ermanda l'Espagnole;
Chaque jour elle sort à l'aube, le matin.

Ce fut près de Madrid, toujours accorte et folle,
Que je la vis, un jour, passer dans le lointain,
Au bord du fleuve où croît la grenade espagnole,
Courant sous le ciel bleu, comme un petit lutin.

Jamais, oh ! non, jamais, plus belle souveraine
Mieux qu'elle mérita un culte plus fervent,
Que la belle Ermanda, la coquette sirène
Aux jolis yeux d'azur, qu'on voudrait voir souvent.

Prière

Au triste souvenir de mes beaux jours défunts,
Sublimes visions, si riantes et si douces,
Venez, rappelez-moi les fleurs, les tendres mousses,
Et puis grisez mon cœur par d'odorants parfums.

Allons, rappelez-moi toutes les clartés roses,
Oh ! oui, rappelez-moi les chauds et gais soleils,
Ainsi que la splendeur de vos joyeux éveils;
Et je m'enivrerai de la senteur des roses.

Donnez-moi donc aussi de ces rêves charmants,
Qui laissent dans le cœur et dans l'âme une ivresse
En me berçant toujours de la douce caresse
De ce doux gazouillis de la voix des amants.

Ensuite dites-moi tous les jolis murmures
Que l'on entend le soir, mystérieuses voix
Qui semblent nous venir des grands bois de la croix,
Quand la brise en courant passe dans les ramures.

Venez, rassurez-moi, venez, car ma pensée
S'arrête et tourbillonne auprès d'un être aimant ;
Chassez tous ces regrets qui reviennent, causant,
Semant la dure angoisse en mon âme blessée.

Hélas ! ayez pitié, ne m'abandonnez pas !
Venez, apportez-moi, mon Dieu ! l'oubli suprème.
Alors, vous le saurez, je dirai : « Je vous aime ! »
Norma, je le dirai, je le dirai tout bas !

Le Sacre

Amis, j'ai bien souvent quelques velléités.
En voyant tout en beau, l'âme s'emparadise.
Mes rêves sont souvent durs et casematés ;
Je gravis les degrés d'un trône où fleurdelise
Les superbes cheveux et les beaux yeux de Lise,
Et je vais chaque jour, requérant des parrains,
Qui sont les préfaciers de mon livre, Analise,
Pour me faire sacrer au pays de Provins.

Enfin, dans mes récits, livres si peu cités,
Dans mes romans, sonnets, bouquins où je courtise
Notre charmante Muse, et la férocité
De tous nos beaux esprits, fins diseurs, ô bêtise !

Et puis, croyez-moi bien, j'aurai, ne vous défrise,
La cohorte des gueux et des pitres forains,
Qu'en beaux alexandrins rythmés je poétise,
Pour me faire sacrer au pays de Provins.

Chansons et triolets sont bien gais, mes aimés ;
Beaux vers, oui, vous serez alors toujours de mise,
Puis d'excellents couplets et cent autres beautés.
Gloire, j'en suis certain, tu me seras promise ;
Rime, ma souveraine, hélas ! j'ai la hantise
D'emmener avec moi mes deux vieux suzerains,
Sublime fantaisie, avec fainéantise,
Pour me faire sacrer au pays de Provins.

Imprimerie Orléanaise, rue Royale, 68.

Imprimerie Orléanaise
bis rue Royale 68
ORLÉANS

www.ingramcontent.com/pod-product-compliance
Lightning Source LLC
Chambersburg PA
CBHW070802280626
47162CB00016B/1602